谁在深究思想的美丽

李恒昌 著

上海文艺出版社
Shanghai Literature & Art Publishing House

图书在版编目（CIP）数据

谁在深究思想的美丽 / 李恒昌著 . -- 上海 : 上海文
艺出版社 , 2024

（黄河文丛 / 孙茂同 , 赵方新主编）

ISBN 978-7-5321-8947-2

Ⅰ . ①谁… Ⅱ . ①李… Ⅲ . ①散文集 — 中国 — 当代

Ⅳ . ①I267

中国国家版本馆 CIP 数据核字 (2024) 第 009670 号

发 行 人：毕　胜
策 划 人：杨　婷
责任编辑：李　平　程方洁　汤思怡　韩静雯
封面设计：悟阅文化
图文制作：悟阅文化

书　　名：谁在深究思想的美丽
作　　者：李恒昌
出　　版：上海世纪出版集团　上海文艺出版社
地　　址：上海市闵行区号景路 159 弄 A 座 2 楼
发　　行：上海文艺出版社发行中心发行
　　　　　上海市闵行区号景路 159 弄 A 座 2 楼 206 室　 201101　 www.ewen.co
印　　刷：成都市兴雅致印务有限责任公司
开　　本：880×1230　 1/32
印　　张：84
字　　数：2079 千
印　　次：2024 年 1 月第 1 版　 2024 年 1 月第 1 次印刷
Ｉ Ｓ Ｂ Ｎ：978-7-5321-8947-2
定　　价：398.00 元（全 10 册）

告读者：如发现本书有质量问题请与印刷厂质量科联系　 T：028-83181689

逐光的歌者（序）

◎王兆胜

　　我与李恒昌先生并不太熟，对他的了解只限于文字，有限的几次联系也是通过文学。但我分明感到，他是一个有温度和血性的人，还是有些沉醉的人，特别是对文学、文字有偏好，做事特别执着。这次读了恒昌的散文，好像对他多了一层理解，也有了心灵上的契合，仿佛看到一个与世俗世界不一样的灵魂。

　　这本散文集里有很多人与事，更有各式各样的历史故事与文学作品，一看就知道作者颇爱读书，而且读了很多的书。将书与读书当成志业，视作共同的侣伴、生命的知音，于李恒昌来说亦不为过。因为这些知识的获得不只是需要用功、用力、用心，更需要相信，因为信则诚、信则灵。如果从知识的层面阅读这本书，你不仅会有一种丰足感，还会爱上读书，以此改变你的生活方式也未可知！

　　还有生活，那些日常生活，与我们息息相关的喜怒哀乐、成败得失、酸甜苦辣，也都从这本散文集中缓缓透出，显示了人生的复杂况味与生命的各种调子。严格说来，每个人都离不开生活，但真正能进入生活并从中提纯出有意味的形式，那是很难做到的。李恒昌对生活能进也能出，还能让生活发生蒸馏和升华，看出其间弥漫的雾气缭绕，以及如梦一般的醒觉与点醒。

我更看重恒昌之于生活点滴之美的捕捉，以及像孩童一样追逐生命光彩的好奇心。那个关于财富的三个动人故事，那个给客人留言并制作书签夹入书页的宾馆服务员，那个每天都给网友写吉言被误诊的姑娘，那个因为"我"给一个烧饼而感恩的乞丐，还有妻子对路人姑娘的细心观察和用心关爱，以及用餐时朋友的细敏关心，都是作者内心开出的蓓蕾，读了既感到温暖，又分外清明，还变得透彻。

书中有一种强烈的时代使命感，不论是对社会世俗现象的批评，还是对人类面临的污患的忧患，以及关于未来命运的一些思考，都有所体现。这种大情怀继承了中国传统士子的"先天下之忧而忧"，也是一种具有现代意识的思考。不过，最让我感动的还是李恒昌那种带有诗意和感恩的哲理呈现，一种与人生进行化合之后得出了知性、智性、灵思、智慧。在书中，有这样的一些精彩句子：

与生活讲和，要对自身价值准确定位。诗人就是诗人，他不是太阳，也不是宇宙的中心，更不是可以发号施令的领导。诗人的价值和尊严往往在诗人的圈子之内。社会对诗人多有偏见。对此，诗人要有清醒的认识，对社会的误解不必过于在意……总之，要学会以谦虚的美德对待偏见，而不是坚持以傲慢对偏见。否则，他人对文人的认识，只能越来越偏、越来越远。

我曾自问，为什么平时总是自己享受别人带来的温暖？为什么自己不曾对别人有这么细心的呵护与关爱？

于人生路上，在同样的时间，同一个路口，经常遇到同一个人。尽管彼此不认不识，不说一句话，但彼此满含微笑看对方一眼，不见的时候，也心存一份念想。这看起来似乎有些滑稽，其实又何尝不是一种美好的际遇和境界？

心中永远想着朋友的种种美好。这是一种态度，更是一种境界。

这样的表述还有很多。说李恒昌是一个善于思考的人是不错的，最重要的是，这些思想的火花是用目光与生活相碰之后产生的。

祝李恒昌先生写出更多、更好、更美的作品。

2022 年 11 月 15 日于北京沐石斋

（作者系《中国社会科学》杂志副总编、编审）

目
CONTENTS
录

第一辑

大地诗思

鲜花曾告诉我你怎样走过

诗人周晓枫曾说:"只要有土地,就会有千姿百态的生命,土地是最伟大的魔术师。"在土地这一最伟大的魔术师所创造的万千生命中,除了万物的灵长——人之外,我最欣赏、最喜欢和最爱惜的,莫过于那些在大地上盛开的鲜花了。

鲜花是灵异之物,有别于其他生命。她一如人世间的女子,美丽而神秘,更是不可或缺。在土黄色的大地上,鲜花带给人的是娇柔、亲切与和美。她的歌声所到之处,生命鲜活,人生葱绿,荒凉和寂寞远远逃遁。

每每看到一簇簇盛开的鲜花,轻嗅花香四溢的空气,总是在不经意间想起台湾诗人席慕蓉女士那句名言:假若世上没有鲜花,人生将是多么荒凉和寂寞啊。在我看来,如果世间真的没有鲜花,无异于天缺一角、日有一斑、心失一瓣。

我国最伟大的名著《红楼梦》里,有一个为历代文人墨客所心有千千结的独特情节:黛玉葬花。那是怎样一种场景啊,风起处,花开枯萎,一个身材瘦弱的纤纤女子葬花垂泪,"洁来洁去"的身世跃然纸上。从某种意义上讲,黛玉葬的不是花,而是那份孤苦的心境。

葬得那么凄美
葬得那么忧伤
葬得那么无奈

把花瓣和心事
一同葬下
没有什么
不能释怀的事情
唯有爱

　　我对鲜花葆有的那份喜爱和热情，应归咎造物主对鲜花这一特殊生命的独特关爱和精巧安排。无论是鲜花的种类，还是形态；无论是色泽，还是气味；无论是花期，还是生长地点，一切都是那么丰富、神奇和多彩。佛家说"一花一世界，一叶一菩提"，那么无数花朵会织就怎样异彩纷呈的世界？

　　因为鲜花生长在我们的家园，注定要和我们亲近、亲密，甚至成为知音。鲜花开在家乡，家乡因她熠熠生辉。鲜花开在山岗，山岗因她洒满阳光。鲜花开在水上，水便是鲜花的婚床。鲜花开在囹圄，高墙之内也会有人放声歌唱。

　　按照出身而论，鲜花有木本和草本之分。一般意义上来说，木本的生命似乎更加顽强，草本的则略显柔弱；木本的花儿将美丽伸向高空，草本的花儿则甘居不起眼的角落，有时也不尽然。在花的世界里，未必"世胄蹑高位，英俊沉下寮"。高高的玉兰，纵有亲吻蓝天的风情；山坡上的金菊，亦有自己金光灿灿的风韵。

　　凌霄花是一个另类。按说，她属于草本，出身卑寒，但是她依靠攀附木本植物在逆境中生存，把笑脸伸向云端。在我看来，"攀龙附凤"或许并不是凌霄花的本意。她的目的或许是向"高人"学习。

愿意结交一个高尚的人
和他一起成长

愿意陪着一个清新的人
成为他的知音
愿意跟着一个有趣的人
追随着他的灵魂

荷花是另一个意义上的仙子。世人多赞叹其出于污泥而不染，我更叹服她的生存精神。一般意义上的鲜花，多数只需要突破泥土的遮蔽来到空中，就可以抵达盛开的家园。而荷花不同，她需要冲破池塘的泥泞、污水的浸泡，才能昂首而立，最终开出自己洁美的形象，其间的艰难，是非经过，注定不知。

花期是鲜花不可言说的一大秘密，一如母亲十月怀胎。月季，顾名思义，一个月盛开一次。也许是花期太过频繁，月季显得不那么珍贵。对一个时常来探望自己、给自己美丽笑脸的亲戚，我们没有理由要求她像公主一样高贵。

昙花，大概是世上最让人赞叹，也最令人惋惜的鲜花了。她来去匆匆，快如闪电，而且通常只在夜间开放。或许，她的全部生命意义在于瞬间一开。在她的生命追求里，只有一条定律，不求长长久久活着，只求来世间美丽一回！

一个冰美人
她的心里
燃烧着零度火焰
不苟言笑
不露声色
一如周幽王身边的褒姒
万里烽火
博闪电般微笑
一笑千金

一笑摧垮天下男人的
所有防线

铁树，是鲜花中最具哲学头脑的智者。她恪守的是"沉默是金"的箴言。千年不开一次，开一次便惊天动地，带来一个历史性时刻。她的坚韧让人想起西北沙漠里的胡杨：千年不死，死后千年不倒，倒了千年不朽。这是怎样一种生命情怀和终极关怀？

鲜花具有人类的某些特质，她不仅向美，而且"向上"。鲜花的盛开与合闭，与天空的太阳有着千丝万缕的联系。这不仅仅是说，所有鲜花的盛开，都离不开阳光的照射与亲吻，更重要的是，那些有思想、有灵魂、有感情的鲜花，始终与阳光保持着极为特殊的亲密关系。

向日葵是世上最忠诚于太阳的花朵。她的最本质特征是向阳和向上。由于她的正直、她的追求，导致她有些时候显得不太合群，有时难免背负重荷，以至有时不得不把头低下。不过，这丝毫不影响她的形象。一如西班牙诗人洛尔伽诗中所言：我的头低着，但灵魂在飞翔。

银盆大脸
抬头向你微笑
回望故乡
回望初心
知道不知道

或许是为了表达对太阳的钟爱，有一种花儿，让上帝给她起了一个更直接的名字，叫"太阳花"。从这一点上看，太阳花是值得称道的花儿。因为，她敢爱敢恨敢于表白，从不隐瞒自己的倾向和观点。

　　与向日葵和太阳花相比，睡莲对太阳的感情更为特别。只有太阳出来的时候，她才会绽开笑脸；而一旦到了晚上，月亮升起的时候，她会把眼帘合上，进入梦乡。她的这种向光性，犹如西北大地的盘羊，太阳出来跟着太阳走，月亮出来跟着月亮走。太阳和月亮不在了，它就会停下脚步。

　　人们如果没有见过某种事物的真实形态，完全可以通过相应的鲜花感知他们的存在，甚至她们比原有的形态更美。如果你不知道什么是鸢鸟，可以去看一看会唱歌的鸢尾花；如果你不知道什么是丹顶鹤，也可以通过丹顶红去认识。那夏天盛开的五星梅，分明就是夜空里向你眨眼的星星，而六月雪则是一个格外叛逆的女孩。

　　　　白天的星星的小阿妹
　　　　青春叛逆的小女孩
　　　　把花儿开成一团白云
　　　　逆势生长
　　　　只为在炎炎夏日
　　　　为你带来一缕清新

　　鲜花不仅是多姿的，而且是多彩的。世界上有多少种颜色，鲜花就有多少种色彩。无论是单色还是多色，抑或混合色，在鲜花世界里都能找到。有人说，赤橙黄绿青蓝紫七种色彩最初就是在鲜花中提炼而来。我赞成这种说法。试问世上还有比鲜花更鲜艳更齐全的颜色吗？

　　几乎每一种鲜花都是有嗅的，这是鲜花的一大特点。她们或幽香、或淡香、或清香、或暗香、或浓香，总是给人愉悦和享受。而那位名叫夜来香的美人，更会将人带入如梦如幻的景致，人轻松、惬意。夜来香为什么只有夜里才香呢？这是一个让人始终想不通的谜。看来，人类认识自己比较困难，认识鲜花也不那么容易。

鲜花是有生命的，这谁都知道。我想说的是，鲜花不仅是有生命的，而且是有感情的。她们之间的感情，她们之间的爱，很浓、很美、很纯真。有一种叫并蒂莲的花儿，据说，如果将她们分开，就会死去，她们演绎的是"在天愿做比翼鸟，在地愿为连理枝"的牵挂与忠贞。

高高的木棉是有感情的，她们的感情有别于并蒂莲，不过似乎更加纯粹和高贵。诗人舒婷曾经写道：

> 我必须是你近旁的一株木棉
> 作为树的形象和你站在一起
> 根，紧握在地下
> 叶，相触在云里
> 每一阵风过
> 我们都互相致意
> 但没有人
> 听懂我们的言语
> 我们共享雾霭流岚、虹霓
> 仿佛永远分离
> 却又终生相依

我甚至认为，鲜花是有表情的、有思想的，而且其表情和思想异常丰富。如果鲜花没有表情，就讲不通"闭月羞花之容"的美丽传说；如果鲜花没有动容，就不会有"感时花溅泪，恨别鸟惊心"的诗句。

有人说，鲜花之所以可爱，是因为她美丽。事实上，这些人颠倒了哲学上的因果关系。鲜花不是因为美丽而可爱，而是因为可爱而美丽。而她们的可爱，就在于她们的盛开过程，在展示自己美丽的同时孕育出了丰硕的果实。花开不是为枯萎，而是延续生生不息的爱，说的就是这个道理。

正是鲜花们孜孜不倦的努力，才使大地成为最伟大的魔术师。她们的先辈，展开大地最初的繁荣；她们孕育的种子，成就了大地不绝的锦绣。

假花是鲜花的叛逆者，是为了开放而开放，为了美丽而美丽的"人"。因此，她注定不会、也不可能获得人们的喜爱和青睐。

表面来看，鲜花世界好像没有自己的语言。但是，每一种鲜花都有不同的花语。她们分别代表不同的形象，体现不同的意义。每当看到康乃馨的时候，人们很自然地想到自己的母亲；每当看到勿忘我的时候，总会升起对心上人的思念；而自从玫瑰与爱情有了血缘关系之后，玫瑰催绽了更多人间爱情，爱情也使玫瑰花园更加茁壮和旺盛。

对于大多数鲜花来说，春天和夏天，甚至包括秋天，是适宜她们开放的季节。但是，有一些花朵却反其道而行之。她们开在冬天，开在冰天雪地里，冒着刺骨的寒风，那样的考验恐怕就连人也难以忍受。但她们笑脸以对。譬如寒冬时节盛开的蜡梅，譬如一提起就让人精神为之一振的天山雪莲。

如为人类，蜡梅和雪莲注定是高洁志士，是得道的高僧，是圣雄甘地，是怀揣梦想的马丁·路德·金。他们是物质世界里少有的精神守望者。不贪图安逸，不贪图享受，为了修养成高洁之士，为了美好的理想和追求，不惜远走他乡，耐得住落寞、清贫和寂苦，悄然走到靠近神祇的地方。

自从鲜花和人类相识相处以来，爱花和种花的人随处可见。他们时常躬耕于美丽的花园，看晨起的鸟儿在花蕊汲水。由于鲜花的美丽与可爱，世上爱花的不独人类，还有其他一些有灵性的生命。这其中，尤以蝴蝶和蜜蜂最值得赞美。

　　蝴蝶是世上最爱鲜花的，有"蝶恋花"词牌为证。蝴蝶的前身是丑陋的毛毛虫，之所以破茧成蝶，目的就是来世间与鲜花亲近。爱着鲜花的还有忠实的蜜蜂。如果说蝴蝶是鲜花的欣赏者，那么蜜蜂就是鲜花最真诚的仆人。为了鲜花的幸福和情爱，蜜蜂日夜劳作，穿梭花蕊之间，无怨无悔、鞠躬尽瘁。

　　世上歌唱鲜花的歌曲很多，我独喜欢那首《五月的鲜花》：

　　五月的鲜花
　　开遍了原野
　　鲜花掩遮盖着
　　志士的鲜血

　　从这首歌里，我不仅感受到鲜花的美丽，也感受到民族的伤痛和热血。我知道，大地上的鲜花可爱而美丽，不容任何人践踏。

那也算是一笔财富了吧

在某杂志社担任"财富"栏目编辑的朋友到我家做客，邀我为他们写一篇关于财富的稿子，而且给我出了一个选择题，要我在她所列出的项目中选出哪些才是我心目中最珍贵的财富。她给出的选项有：思想、修养、知识、儿女等，几乎没有形而下的东西。我告诉她，我选的东西你列的内容里好像没有。她问我是什么，我没有直接回答她，而是给她讲了两个小故事。听了我的故事，她略有所悟，并要我把它们写出来。

我所讲的第一个故事，是我的亲身经历。那天早晨，天空飘起了毛毛细雨，我依然坚持徒步上班。由于起得比平时稍晚，没在家吃早饭，在路口的小摊上顺便买了两个烧饼，准备带到办公室再吃。当走到街心花园的时候，有个人的目光拽住了我的步伐。那是一个精神病人，大约五十多岁的年纪，身材修长。我几乎每天早晨都能看到他。我发现，他和其他精神病人有所不同，他穿衣比较讲究。一身破中山装，油乎乎的，但是扣子扣得很齐整。他头戴一顶破旧大盖帽，帽檐上写着"总司令"的字样。

此时此刻，他的两只眼睛在盯着我的烧饼。我想，他一定是饿得不行了。于是，就停下脚步，拿出一个烧饼递给他。接过烧饼后，他以迅雷不及掩耳之势站了起来，立整站好向我敬了个礼，并大声说："谢谢首长！"当时我开心极了。在官场上多年未了的愿望，没想到在这里得到了实现。你想想啊，他是"总司令"，又喊我"首长"，可见我的官肯定大天上去了。不过我并没有向他流露这种片刻升官的快乐心情，只是轻轻地说了句不必客气就走开了。等我回头时，发现他并不是在狼吞虎咽地吃烧饼，而是依然站在那里，好像目送我远去。

到了第二天早上，我又路过那里。没想到他突然出现在我的面前，再次向我敬了个礼。我向他摊了摊空空的两手，意思是告诉他，今天我可没烧饼给你了。结果是我误解了他。他说："为了表示对你的感谢，我决定送你一笔巨额财富。"我被他的话惊呆了。只见他从口袋里摸出张大票，递到我的手里。我拿过一看，真不少呢，是一百万啊。只可惜是用垃圾纸片写的。"你不喜欢吗？"他怯怯地问我。"喜欢，当然喜欢。谢谢你，让你如此破费。"听了我的话，他竟如孩子般笑了。当我再次回望他的时候，远处的太阳正高高升起，他不知去了哪里。但是随之我感到街道好像忽然变得宽敞了许多，街上的行人也格外美丽可爱起来了，我的步履也就走得更加坚决明快。

第二个故事是我亲眼所见。发生在那年 2 月 14 日情人节那天，晚上下班步行回家的路上，大观园步行桥头坐着一个乞讨的老妇人。在她跟前有一块纸牌，上面是一行歪歪斜斜的大字：可怜可怜我这个老婆子吧。这时候，一对男女走来，他们大约三十多岁。男士搂着女士的腰，女士胸前抱着一束好大的鲜花。当他们走到老妇人跟前，男士掏出五元硬币，郑重其事地递给她。老人连声道谢。就在男士要拉着女士离开的时候，那女士从花束中抽出了一朵火红的玫瑰，含着微笑递到了老妇人手里。老妇人迟疑了一下，然后接了过来。这个场面让我感动。在我看来，这位女士给她一朵鲜艳的玫瑰，比给她 10 元钱还要重要。

我的故事讲完了，也许你已经明白，在我眼里，世上最珍贵的财富，既不是现实有用的金钱，也不是闪耀光芒的思想，而是日常生活里那些温暖人心的点滴关爱和珍惜。

谁的惊愕能深究思想的美丽

　　源于天地神灵的造化，自从盘古开天辟地之后，在广袤无垠的大地上，万物滋生，草木葳蕤，人畜兴旺，繁衍不息，形成一个神奇唯一而又充满生机的世界。在这个独一无二的世界上，有一种极为特殊的东西，她犹如太阳一样闪耀光芒，像北斗星一样指引方向，引领人类不断走过迷茫与黑暗，走向更加美好的未来。这种东西，名叫"思想"。

　　著名存在主义大师海德格尔对思想有过深沉的思考。他说："思，亘古如斯而又倏忽闪现，谁的惊愕能深究她？"

　　思想的确是大地上的一个尤物，一个不可思议的女神。她，无色无味无形无踪无影。如同白天隐匿于苍穹的星星，人们既看不到她，也摸不到她，甚至无从感知她的形象。但她是人类的灵魂，她无处不在，无所不包。因为她的存在，世界变得明亮，大地有了灵魂，人类有了希望。由于她的伟大和高贵，注定有不同于其他事物的形象。她是晨起东方灿若锦缎的云霞，是夏夜闪耀长空的雷电，是冬夜眨眼于长空的北斗——

　　之于人类，思想是代代相传的薪火，是指引路途的航标；之于哲人，思想是成就伟大的学说，是铸就辉煌的底蕴；之于大地上的普通子民，思想同样不可或缺，她是暗夜里温暖人心的篝火，是内心深处那一丝鲜活的灵动，是贫困时期的精神食粮。

　　对于将生命的主题命名为爱情的人来说，思想还有另一层含义。她是一颗心灵对另一颗心灵的思念和牵挂，是一颗心灵对另一颗心灵的呼唤和应答。"想你的时候，你在天边；想你的时候，你在眼前。"因为这独特的思与想的存在，两个人的世界改变了现实的空间和时间的概念。

思想来自人的大脑，但是，她的诞生、成长和广大离不开赖以生存的土壤，离不开阳光雨露，离不开所处时代的背景和环境。

思想是无形的，自由如风。来自自由，追求自由，无拘无束，是她最显著的特征。"生命诚可贵，爱情价更高；若为自由故，二者皆可抛。"这是人类追求自由的宣言，也是思想追求自由的真实写照。

帕斯卡尔说："人是有思想的苇草，思想成就人的伟大与尊严。"人之所以成为人，就在于他有思想，有灵魂。一个人之所以是这一个人，就在于他有与他人不同的思想和灵魂。因此，思想不仅是区分人与其他生命的标志，也是区分不同人之间的重要标志。

思想成就人的伟大与尊严。纵观中外历史，这样的事例不胜枚举。苏格拉底、孔子，他们之所以被称为伟人，就在于他们有伟大的思想。相反，拿破仑、秦始皇、成吉思汗，虽然战功卓著，横扫千军，依然不能称之为真正的伟人，只能算得上枭雄，根本原因在于他们没有自己独特的自成一体的思想。

对于大多数人来说，从出生到死亡，犹如几何学上的线段，有头有尾，也有一定的长度。但有些人不是这样，他们人虽死了，肉体虽然腐烂了，但精神依然存活，思想的光芒依然照耀人间。这种超越死亡的人生不是线段，而是射线。射线有始发点，有方向，但没有终点，可以沿箭头的方向无限延长。正如死了的萨特依然是一种客观存在，他的躯体化成一群美丽的蝴蝶。他生前写的50多本著作犹如五十只蝴蝶，从他的躯壳里飞出来，飞向国立图书馆，飞向世界有物质和精神存在的角落，播种萨特的思想，恰似在烈火之中更生的凤凰。萨特的生命因此而得以存活，成为面向未来的射线。

导致两种不同人生的原因，显然并不在于是否掌握延年益寿的秘诀，而在于思想。思想是有方向的箭矢，它能够使线段变成射线，射落人生的冬日，让人生具有新的时间概念，使本来短暂的人生过程成为长久和永恒。

1990 年，法国著名雕塑家罗丹的杰作《思想者》来到遥远的东方，在北京中国美术馆展出，众多人士受其强磁力吸引，曾前去膜拜。蓝天、碧日、青铜图腾，那一刻，人们目睹了另一个罗丹，可是，究竟有多少人读懂了他内心的"澄明"？

"天色昏暗，西沙平展。斯芬克斯静卧在褐色的沙滩上，她注视着荒凉的、没有尽头的远方。她的眼睛是蒙眬的，她那冷傲的嘴唇微露笑容，微笑中带着永久的沉默。她希冀在一个沉寂的夜晚，天幕开裂，星光普照，解开那无解的千古之谜。"然而，千古之谜，最终需要思想家给出答案。

伟大的思想家孔夫子曾说"思无邪"；伟大的科学家亚里士多德说"我爱我师，我更爱真理"；伟大的哲学家海德格尔说"我思，故我在"。他们的"无邪"，他们的"真理"，他们的"我在"，大概是因为他们的思想无限接近人类那无解的千古之谜吧。

回望历史的长河，注定有那么一些伟大的思想家让人赞佩。他们的言谈耀如彗星；他们的思想美若长虹；他们的内涵深如大海；他们的品德巍如高山。他们既是思想家，更是诗人。他们有另一个名称——诗人思想家。他们是物质世界的规避者，更是精神世界的苦行僧。

大凡思想家都是习惯仰望天空的人。在古希腊，有位名叫苏格拉底的思想家，为了探究人类生存和发展的秘密，他时常仰望天空，思索这神奇的世界和人类，以至有一次不小心失足掉进了井里。被救上来之后，就连仆人也笑他是个呆子：你连地下都看不清楚，为何却偏要仰望天空？

思想家是一些站在此岸看到彼岸的人。1838 年的一天下午，克尔凯戈尔坐在自家的书房里，一个人静静地思考。这时候，他突然站起来，喃喃自语道：世界上的事情，已经变得越来越容易了，为了使人生存得更有意义，必须制造一些困难。这个生活画面，对于视现代主义为珍宝的人来说，应该是一面默默致敬的旗帜。因为，这句话宣告了困难现代主义的诞生。

思想家都是一些敢于断言时代、划分时代的人。一如哥白尼断言"不是星球围绕地球转，而是地球围绕太阳转"；那个叫查拉斯图拉的思想家断言"上帝死了"，面对生命的问题，他像偏执狂一样走下山来，日夜寻求自我超越和永恒的轮回，从而成为大地上的"思想超人"。

这样的思想家还有很多很多，如果写出他们的名字和他们的思想，将是思想史上最动人、最丰富的图画。

在人类历史上，总有一些时代被称为"伟大"，而每个"伟大"的时代，无不与那个时代所诞生的伟大思想和宽松的思想环境有关。先秦时代，因社会自由，思想活跃，百花齐放、百家争鸣，产生了孔子、孟子、荀子、韩非子等诸子百家，诞生了儒家、道家、法家思想而伟大。欧洲文艺复兴时期，因为诞生了但丁、达·芬奇、薄伽丘等一代文艺家和思想家而伟大；法国启蒙运动时期，因为有伏尔泰、孟德斯鸠、狄德罗、卢梭等伟大思想家而伟大；五四运动，因为人们高举"民主"和"科学"的大旗而伟大。

与之相对应，历史上总有那么一些黑暗时代，而每一个黑暗时代都与思想的专制和暴行有关。无论是欧洲中世纪的教皇打着宗教的幌子倒行逆施，还是秦始皇时代推行"焚书坑儒"，都是万马齐喑的时代，都是思想遭到镇压和钳制的时代。

然而，思想注定是这样一些有别于其他事物的东西。她依赖社会现实而产生，依靠社会环境而生存，但绝不屈从于社会的压力和专制的暴行。专制者可以砍掉思想者的头颅，却砍不掉思想的智慧；专制者可以烧死思想者的身躯，思想的光芒却因被燃烧而更加伟大。

"离离原上草，一岁一枯荣；野火烧不尽，春风吹又生。"这是思想和思想者不可战胜的力量。

新生婴儿在母腹阵痛中诞生，新的思想从社会变革的实践中来。

既然"世界的晦暗，从未接近在的澄明"，那么大地上的思想家能否以自己的思想，还原一个接近澄明的世界？21世纪的大地上，有人这样思考和呼唤！

大地瓜分时你去了哪里

在大千世界，滚滚红尘之中，总有那么一些人，无论世事怎样炎凉，社会怎样变化，都始终葆有一颗童心和爱心，用一双独特的眼睛发现世间的美，并深情吟哦，纵情歌唱，我们称之为"诗人"。

"人群中这些面孔／幽灵般显现／湿漉漉枝条上的／黑色花瓣——"美国诗人庞德的《地铁车站》从一个侧面写照了诗人的特性。诸多时候，诸多诗人，于俗常社会，总是淹没于众人之中，然而，对于他们而言，这恰似一种隐喻："飞鸟即便在大地上行走，也会让人感到翅翼在身。"

或许是上帝的偏爱，诗人的眼睛始终有别于他人。她们总是闪烁不定。当你盯着俗常事物的时候，他在仰望天空。当你仰望天空的时候，他在省察心中的星星。其实，那是一颗很平凡的眼睛，和常人没有什么不同。只不过他们一如诗人王黎明所言："就这样看海／欣赏伟大的折光反映在俗常事物上面。"

诗人看起来是些大而无用的人。莫言等人称他们为"无用之用"。必须抛开世俗的法则，从另一个方面去理解和观察他们的应有价值。诗人曾经写道：乳房在心脏旁腐烂。世间最美的东西，最先毁灭或者消失。人间最美夕阳红，夕阳西下，转瞬之间。纵然乳房在心脏旁腐烂，永不腐烂的是诗人心脏里蕴藏的思想。

阅读铁凝的作品，发现另外一个道理，诗人和诗歌不仅是一种无用之用，有时还具有实用价值；诗歌和文学的功能，不仅是无形的、间接的、潜移默化的，它有时也可能表现为实际的、具体的和直接的，是一种"实用之用"有用之用。

铁凝亲自考察，在美国自华盛顿地区曾经活跃着一个作家工作团，这个工作团的工作就是用文学给人治病。他们启发和鼓励有自闭症的患者投入到文学创作中去，用写作手段来宣泄内心、表达自己，减轻灵魂的压力。据说，他们的工作还真的取得了一些实际效果。很多年轻人因为接受了这样的治疗，曾经受伤的心灵得到了平复，他们原本对文学并不熟悉，也慢慢开始写诗歌、写散文，甚至写小说。我们应该为这样的工作团队致敬，也应该向伟大的诗人致敬。

铁凝还告诉我们，秘鲁有一个小城市，那里的警察性情特别暴烈，市民很有意见。市长接到举报之后，并没有对那些警察做出任何处罚，而是用了一个看起来软弱无用的办法：给警察放假三天，同时赠送三部文学作品，希望他们在假期里读完。警察们读了这些书后，对市民的粗暴态度果然有所改变。真想不到，文学名著还有如此神奇的功效。

有一个叫聂鲁达的诗人，他说："我投身世界的时候，比亚当还要赤身裸体。"然而，由于他历尽沧桑，最终成为拉美大地的一代歌王。他说："只要有爱，就值得歌唱。"有一位叫福克纳的诗人说："为了抵抗人类永恒的烦恼，他在一个角落里咀嚼、倾听，喃喃之音最终惊动了世界。"

难忘那个流传已久的历史故事。1700 年前，魏文帝曹丕令东阿王曹植七步作诗，不成则刑大法。这是一场诗与剑的较量。诗是艺术，闪耀着智慧的光焰，代表着美与善。剑是兵器，放射着力量的青光，象征着武力和王权。在这场诗与剑不可调和的较量中，诗歌最终战胜了剑。

当年的大英帝国，人们曾经就莎士比亚和印度是否等值展开讨论。印度虽然是殖民地，但是一个国家，而莎士比亚仅仅是一个诗人。然而，讨论来讨论去，英国人得出的最终结论是：我们宁可失去印度，但不可失去伟大的莎士比亚。

有时想，假如我们没有《诗经》，没有屈原，没有唐诗宋词，没有李白、杜甫、白居易，我们的精神将是多么苍白和匮乏啊！如果我们没有北岛、海子和顾城，让我们感受彗星在天空飞行，将如何面朝大海，春暖花开？

不错，诗人是缪斯的学生，但从来不是宙斯的宠儿，命运之神似乎注定他们是一些精神富有而物质清贫的人。"我在你的身边，我的眼睛凝视你的面庞，我的耳朵倾听你的无乐之声，请原谅我的心灵，被你的天光迷住，竟然忘记了凡尘。"这是德国诗人席勒的诗作《大地的瓜分》中的一段话。宙斯对人类说："把世界领去吧！"于是，农夫、贵族、商人和国王争先恐后地领走了谷物、仓库和权力，等一切瓜分完毕，诗人来了。宙斯问诗人："当大地瓜分时，你在哪里？"诗人说："请原谅我忘记了凡尘。"

诗人朋友曾经断言，所有诗人都带有激情，光芒却是孤独的。荷尔德林说："人充满劳绩，但还诗意地安居于这块大地上。"按照存在主义大师的学说，语言是存在的家，诗是高级的语言，因而诗是真正让人安居的处所。然而，诗只能让读者安居，却不能解决诗人自身的安居问题。

面对现实，诗人的确是无力的。当金钱像思想一样在社会上闪耀光芒的时候，人间哪里还有诗歌一片领地？当社会将百万富翁奉若神明的时候，清贫的诗人只能被世俗的人们嗤之以鼻。

什克洛夫斯基在《动物园，或不谈爱情的信札》中，有这样一段话："狐狸有自己的洞穴，囚犯会得到一个铺位，刀在鞘里过夜，而你——诗人赫列勃尼科夫，却连一个安歇之地也没有。"这个什么也没有的诗人，只是在死后的墓碑上获得了"地球主席"的名号。

不错，曾几何时，诗人几近成了流氓、疯子、偏执狂的代名词。但是，那绝对不是真正的诗人。那些真正的诗人依然罕见而高贵。美丽的诗篇像植入内心的火种，当黑暗降临时，才能看到它的灵光——微弱或明亮。

美国有一位睿智的老人，他的名字叫莫里。临终时，他向弟子讲述自己总结的人生道理，其中很重要的一条，就是要与生活讲和。这一条，据说特别适合诗人。他的理由是，人必须生活着，艺术才有所附丽。

诗人张炜说，诗歌是文学的核心，是最高级的文学形式，是文学的核。我们有理由相信，即使到了人类末日，文字的残骸，瓦砾、金属碎片遍布荒原，诗歌也会变成铀一样的精神元素，放射出无法抵御的力量。诗人在黑暗里炼狱，最终只能在内心感悟光明。如果诗人"背负地狱而在天上行走"，诗歌就永存你的心中，永存人们的心中。

庞德说："我死之后，少女们会在我的墓前，撒下玫瑰花瓣。"如若真的如此，将是社会对诗人的最高奖赏，是献给诗人最好的墓志铭。

年年岁岁也是我们的旅人

"世界这么大，我想去看看。"对于生活在大地上的现代人来说，外出旅行是一件不可或缺的事情。经济的发展，时间的充裕，使我们有了更多放下工作、走出家门、外出远行的机会。这是我们应该值得珍惜的际遇和福祉。

旅行既是身体的一次远足，更应该是心灵的一次放逐和回归，是"诗与远方"的精神追寻。令人遗憾的是，每次出行前，我们总是怀着一份难以抑制的渴盼和激动，有时甚至难以入眠。然而，当旅行归来，又总是会留下一些无奈与失落。

有人戏言："上车睡觉，下车撒尿，见了景点就照。"这是大众旅行或旅游的普遍写照。记得多年前有一次，我们到西南某地旅行，被当地相关单位接待，中午时间在酒店安排了宴会，盛情难却，喝得天昏地暗，到了下午再外出旅行，只能踩着棉花般行走，根本不知道到了哪个"国度"，哪方热土。什么时候，美好的旅行变成了这等模样？是什么原因，导致旅行变成了乏味的观光或者说是走马观花式的踩点？

出行的困难，旅途的遥远，时间的限制，左右着我们的步履和睡眠，自然会使旅行变得疲惫和狼狈。但是，有些问题和尴尬的发生，却与我们没有领会和把握好旅行的实质和本意有关。

既然是心灵的感受和体验，那我们何必把行程安排得那么饱满？既然是为了让心灵和自然交谈，那我们何必在意是否留下自己的身影？既然是为了看旅途的风土与人情，那我们何必老是出现在汽车、火车、飞机和索道上？

曾几何时，爬泰山需要至少一天的时间，晚上趁着夜色，沿十八盘一路而上，赶在日出升起之前爬到日观峰，然后，慢慢欣赏山上的景致和文化，等夜色来临才能走到山下。而如今，有了汽车和索道，一切都变得那么简单而匆忙。现在爬山，只需半天时间。如果安排再紧一点，一下午便可游完曲阜的"三孔"。这哪里是在旅行，简直是在让"小鬼"催着赶路。

可以想象，古代人的旅行和我们的旅行是有所不同的。那时，尽管经济并不富裕，交通也并不发达，但是人们深得旅行的要义，善于享受旅行带来的美好和惬意。他们或戴一顶草帽，背一个行囊，甚或拄一跟拐杖，或骑马、或荡舟、或徒步，游走在天地间，呼吸天风，感受地气，倾听来自历史和大自然的声音，与在上的智者进行神秘交流，即便困苦劳累，也是一种真正的体验和享受。

出门旅行，自然需要一些行李。个人认为，行李越少越好，否则会影响你旅行的兴致和诗意。在这方面，很欣赏国人的聪明，每到一地，先找个地方住下，把行李放好，只带些必需品陪自己旅行。不像有些国外来的游客，身后总是背一个大大的行包，像背着重壳的蜗牛。

每次一个人外出旅行，尽管美景令人陶醉，但是总感到身边缺少了什么，难以达到乐不思蜀的境界。有时是和大家一起旅行，表面热热闹闹，心中总有一份落寞，困扰心绪。见到美丽的景色，总在想，如果她在就好了，让我们一起分享。也总是设想，和她手牵着手一起旅行。记得曾问远方的朋友，最大理想是什么。她回答：和相爱的人一起去旅行。这正应验了自己总结的一句话：外出旅行，不必带过多行李，和知己结伴，却是必需。

日本江户时代的诗人松尾芭蕉在《奥州小道》中说："日月是百代的过客，去而复来的年年岁岁也是旅人。"其实，从广义上讲，人生的过程也是一次旅行。其中的道理，与日常旅行几无二致。遗憾的是人们把旅行和人生完全分开，搞得旅行是旅行，人生是人生。

对于每个人来说，旅行都有自己与众不同的行为方式。著名作家张承志通过旅行，掌握了"一册山河"的美丽和诗思。他说："熟悉我的朋友都知道，我对地图有种特殊的喜好。十八岁那年，我平生第一次使用地图，地图上的直线指向当年红军长征的关隘腊子口，而铺在直线下面的却是激烈起伏的山脉。"

人生在世，尤其是旅行，最可怕的是迷失了方向。在人生坐标里，有觉悟的人自然不甘心当睡梦中突然醒来而不知身在何处的醉汉。张承志是个方向感极强的人，他如此重视方向，概因他深知这是个大是大非问题。而他又如此衷情地图，也许是因为地图是一种能启迪旅行方向的物什。

显克维奇在《横贯大陆的铁路》中写道："当我想到我将是第一个波兰人，能够根据我的亲眼所见，来描写横贯大陆的铁路时，这种想法增加了我的力量和加快了我的行动。"横贯大陆的铁路位于美利坚合众国。想必那时，显克维奇一定见过铁路，也肯定乘过火车。但是，是什么增加了他行动的力量，加快了他行动的步伐呢？答案与其说是写横贯大陆的铁路，不如说是旅行生活吸引着他。人就是这样，虽然时时处在人生旅途之中，但总是对具体的旅途生活心存渴望。旅途生活充满着变数，这种变数对人们总有一种不可阻挡的力量，它牵动人的心弦，拽动人的脚步。作家显克维奇在这一点上也和常人一样。

军旅作家周涛，注定不是"躲在书斋里在历史往事中寻找那些和他类似的人"的人。相反，他是那种"不怕大地域、大艰险、大空旷"，不惜一切踏上旅程，寻求大真大美的人。正是他甘于扮演"天地一游人"的角色，使得他以一个军旅诗人特有的审美眼光，发现、开掘和揭示了大西北的大美之所在，成为西北大地大美的代言人。

有一次，到黄河岸边旅行，桥头来了一队特殊的人马。他们全都是自行车运动员的装束。我赶过来，给他们拍照。他们做出很配合的样子。我搭话："你们是比赛，还是来旅行？"他们告诉我是"骑行"，来自得克萨斯州。事后我才醒悟，所谓得克萨斯州，不过是"德州"的戏称。不过他们的话还触动了我的心灵，让我心生一番敬意。

很长时间了一直设想徒步远游，或者到天涯海角；或者徒步考察黄河长江。像我的朋友罗朝清先生当年徒步欧亚大陆桥采访一样。然而，因为有很多羁绊，终不能成行。看着远方骑行的队伍，望着黄河里滚滚远去的激流，我默念：终有一天，心有多远，就走多远！

生活的哲思与絮语

本质里的爱

哲学的本质特征是什么？这个话题犹如哲学本身，给人以高深莫测的感觉。

"哲学"的英文单词是 Philosophy。这个词最早是从希腊语 Philo-sophia 转变而来。在希腊语里，Philo 的意思是热爱，sophia 的意思是智慧，于是人们习惯上称哲学是"爱智慧"。

"哲学"一词通过康有为的翻译来到中国。在汉语里，"哲"的意思是"智慧"。据此，国人认为哲学便是"有智慧"的学问。

但是，有人对此提出不同见解。他们认为，"爱智慧"和"有智慧"不是等同概念。

提出这一观点的人以苏格拉底为证。苏格拉底面目丑陋，身材矮小，而且并不聪明，但他喜爱哲学，最终也成为著名哲学家。

的确，"有智慧"和"爱智慧"不是一个概念。"爱智慧"的未必"有智慧"，"有智慧"的也未必"爱智慧"。

他们之间的关系，最大可能只是一对近义词而已。

"有智慧"与"爱智慧"的关系，有点类似爱情哲学里的"喜欢"和"爱"。

喜欢是淡淡的爱，爱是深深的喜欢。

但是，严格区分"有智慧"和"爱智慧"，对于研究哲学的本质特征并无很大意义。因为哲学家的使命并不在这里。

依据对哲学家的分析，可以得出这样一个基本结论，无论是"有智慧"的哲学家，还是"爱智慧"的哲学家，他们都不会太刻意追求或在意显示人聪明程度的"智慧"。

相反，哲学家研究哲学的过程中，最喜欢的不是其"智慧"，而是"追问"。

哲学家与一般人或者与其他科学家的不同就在于，他们总是"爱追问"。

他们总是于形而下的世界里，追问一些形而上的问题。

最基本的追问包括：我是谁，我从哪里来，要到哪里去。

因此，我们说，哲学的最大本质特征不在于有没有智慧和爱不爱智慧，而在于是否"爱追问"。

但是，仅仅"爱追问"还是不能成为哲学家。仅仅"爱追问"，那是一个好奇的孩子或者善于提问的记者都能做到的事情。

哲学家不仅要"爱追问"，还必须对追问的问题给出明确的回答或者结论。也就是说，哲学家的特征应该是，"爱追问"并且"善回答"。

进一步分析的话，就会发现"善回答"的前提是"有智慧"。

如果没有智慧，问题都摆在那里，没有明确的答案，注定成不了哲学家。

由此，我们可以得出这样一个基本结论，哲学的本质特征包括三个环节：

"爱追问"——"有智慧"——"善回答"。

这是缺一不可的链条。

哲学的这三大特征，或者说三大链条，其实都潜藏在古代人创造的汉字里。不信，请看：

"哲"字，从提手，从斤，从口。一个字的三个部分，分别代表着：提问、分析和回答。这也恰恰是哲学的三大本质特征。

不能不佩服，中国人实在是太有智慧了。

生命的意义

我是谁？我从哪里来？我要到哪里去？这三个问题，是所有哲学家必须思考的基本问题，同时，也是芸芸众生或多或少都思考过的问题。

由三个基本问题所派生，人为什么活着，或者说，生命的意义究竟是什么，也自然成为无论是哲学家，还是普通人所关注的问题。

谁都知道，人类认识自我是最困难的事情。因此，这个问题看似简单，却始终找不到一个几乎被公认的答案。

有人认为，生命的意义在于体现人生的价值。也有人认为，活着本身就是人生的最大意义。

面对这个问题，也有人甚至陷入虚无主义。有人提出，人为什么活着，或者说生命的意义，是一个目的性命题，而目的是在行为之前产生。但是，人的出生属于非主观意愿行为。人出生之前，不可能有目的。因此，人生的目的或意义是一个根本不存在的伪命题。

在关于生命意义的所有论述中，大概没有比《钢铁是怎样炼成》中的奥斯特罗夫的回答更让人相对认可了。

"人最宝贵的东西是生命。生命对人来说只有一次。因此，人的一生应当这样度过：当一个人回首往事时，不因虚度年华而悔恨，也不因碌碌无为而羞愧；这样，在他临死的时候，能够说，我把整个生命和全部精力都献给了人生最宝贵的事业——为人类的解放而奋斗。"

但是，奥斯特洛夫斯基毕竟是具有伟大情怀的无产阶级战士，对一般人来说，他所追寻或倡导的生命意义很难达到或企及。

那么，作为普通人来说，应该追求怎样的生命意义呢？

李家同先生有篇文章，题目是《我不懂生命的意义》。这篇文章或许能给人一新的启迪。

李家同先生在文章中介绍说，老杜是一位很有成就的现代商人，他与一般商人所不同的是，于工作之余，经常思考生命的意义究竟是什么的哲学课题。

他曾经深造，也曾经向大师请教，还曾经自己闭关。但是，他费劲九牛二虎之力也没有弄懂生命的意义究竟是什么，反而是越弄越糊涂。

后来，老杜怀揣"求真"之心，去修道院看望曾经心仪的一位修女玛丽。在那里，他向玛丽求教。不料，玛丽最初的回答让他有些失望。

玛丽说，自己其实是一个很没有学问的修女，对神学知道得很少。如果硬要她说出生命的意义，可以去查书，但她相信书上的答案不会使老杜满意。

随后，老杜和朋友在那里陪玛丽工作，一起做饭，照顾孩子，从细微烦琐的工作中发现和体会到了某种快乐，并从中找到了答案。

玛丽说："其实，我从来都没有弄清生命的意义，但我知道如何过有意义的生活。"这句话让老杜如醍醐灌顶，幡然梦醒。

文章最后说玛丽说不懂生命的意义。其实她懂的。

相对于一般哲学家，玛丽其实是大哲。大哲无言，但是人间最朴素的道理。

在此想提醒世人的是，如果你不懂得生命的意义，那好，你就去过有意义的生活吧。那生命的最大意义就寓于有意义的生活之中。

脱离有意义的生活，生命绝不可能具有伟大的意义。

形而上学与极端思维

唯物辩证法最基本的思维方式，便是全面地、发展地、联系地看问题；而形而上学却与之相对立，是片面地、静止地、孤立地看问题。这是我们多年来所坚持的一种观点或者说区分标准。

但是，这一观点或者说标准，于现实生活中却并不全面。因为，除此之外，形而上学还有一个致命问题，就是思维走极端，极端看问题。

用极端思维看问题，有些表面看起来似乎很有道理，但无论是理论上，还是实践上，都极具危害性。

历史和现实生活中，这种思维现象并不鲜见。

历史上，最有代表性的极端思维方式，大概应该属于"白马非马"论。

"白马非马，可乎？"曰："可。"

曰："何哉？"曰："马者，所以命形也。白者，所以命色也。命色者，非命形也，故曰白马非马。"

这一观点，看似有道理，其实是走极端的奇谈怪论。

现实生活中，曾有一个人到中国人民银行信访办公室。信访办的工作人员热情接待了他："请问，你有什么诉求吗？"

那个人一脸真诚地说："我说，你们中国人民银行也太不负责任了。"

信访人员不解，那个人说："人民币上应该印上如有丢失，概不负责。这是常识，可是，这么多年来，你们一直没印。这属于典型的不作为！"

信访人员笑了："是不是你丢了很多钱？"

听了这话，他格外生气："你们把我当成什么人了！我提这条建议，纯粹是为了国家和人民的利益。"

在信访人员看来，这是一个典型的笑话。但他本人却认为，自己是在坚持"真理"。

他的观点有没有道理，当然有，但是，这种道理是极端主义的道理，也可以说是无道理。

还有一个笑话。一个人手指断了，去医院看大夫。

大夫问怎么个情况。他说自己大概有强迫症。

大夫不解，手指断了与强迫症有什么关系。

他回答说："十根指头，九根都响，就这一根不响。于是，我便——"

这可以得出一个结论，极端思维的人，最终很可能成为强迫症患者。

更高层次的人生观念

美国著名人类学家托马斯·A·哈里森，在一项关于人生观念研究的调查中，曾经接触和了解一些处于较高层面的不同类别的管理者，他们的为人之道引起了教授的关注。

哈里森发现，在第一类人那里，始终认为，好像满世界的人，只有自己才是最英明、最正确，也是最有智慧的。其他人，尤其是自己手下的人，几乎没有一个人令他满意。最直接的表现是，他们经常训人，好像他就是为教训别人而生。结果，没过多久，他们就会成为令人厌烦的人，最终在管理上也会陷入失败。

在第二类人那里，似乎与第一类有所不同。尽管他们也认为自己很英明，但是，有时候他们反而怀疑自己，甚至会对自己全盘否定。有时候，在众人面前他们会坚持自己的观点，但是，私下里他们又觉得自己的观点狗屁不是。

还有一类人，对上司总是顶礼膜拜。管理者放个屁，他也琢磨半天。平时的言谈话语，也总是充满对上司的叹服，以至领导的错误，他也认为是真理。

事实上，类似这些人，在我们的日常生活中很常见，它反映了不同人的不同生活态度。哈里森经过长期研究，得出一个结论，所有人不外四种生活态度：

1. 我不好——你好；
2. 我不好——你不好；
3. 我好——你不好；
4. 我好——你好。

哈里森认为，四种不同生活态度的形成，与人的成长经历、家庭和社会环境有关，也与自身修养和是否具有反思精神有关。

在四种生活态度中，很显然，第四种态度，亦即"我好——你好"的态度才是正确，也是最值得肯定的态度。"我好——你好"不是"老好人"哲学，而是观察和认识社会与自我的角度，反映的是整个美好的人生和世界。

自己不好，别人好，个人处于孤独状态，显然世界并不完美。自己不好，别人也不好，到处都是和自己一样的"恶人"，这世界就有些可怕。自己好，别人都不好，认知一定出现了巨大偏差。只有自己好，别人也好，那才是最理想的境界。

但是，一般情况下，人们并不这样看。在很多人那里，更多的是"我好——你不好"，而且从内心希望只有自己好，别人最好不好。是整个世界存在问题，还是自己的认知存在误区？答案显然是后者。

《读者》杂志上有一篇文章，题目是《莲花盛开的水瓶》。文章介绍过一个奇特现象：水分子具有复制、记忆和传达信息的能力，在装满水的瓶子上贴上"感恩"的标签，水分子的结晶居然像个"心"字；贴上"阿弥托佛"四字篆刻，水分子的结晶居然呈现七彩；贴上"爱"与"感谢"，水分子呈现完美的六角形；

贴上"混乱",水分子几乎不能成为结晶——

看似没有生命的水分子尚且如此,作为万物之灵的人,更应该是这样。我们有理由相信,只要在自己的心头贴上"美好"的标签,整个世界将变得异常美好;同样,如果在自己的心头始终存有这样一种信念"你好",那么,自己的世界也就会变得波光荡漾。

由此,可以得出一个结论,在哈里森教授归纳的四种生活态度之外,还应该有一种更高层次的态度,那就是"你好——我好"。与"我好——你好"相比,虽然第五种态度只是换了个顺序,但是它反映的是一个人对生活和人类充满爱与美好的主观愿望!只有"你好",我才好;大家好,才是真的好!这不是一句简单的广告。

梦想的价值

梦境其实是一个人现实生活和所思所想的虚幻反映。

不管人的寿命有多长,从宏观上来看,都是短暂的。在短暂的人生中,睡眠却占着十分突出的位置。人们大约有三分之一的时间在梦乡中生活。千百年来,人们信守着这样一条公理:睡眠是为了休息。但据《新概念英语》透露的信息,睡眠休息论受到了挑战。

专家们如此进行分析:人的休息可以分成两部分。一部分是体力休息,另一部分是脑力休息。如果想使体力得到恢复的话,只需要躺下身子不运动就可以了。只有休息脑力时才有必要睡眠。但科学家经过反复测试发现,人睡眠时,大脑活动频率并不比醒着时低。由此推出结论,睡眠不是为了休息,起码不仅仅是为了休息。科学家为了探求睡眠的奥秘开始了新的实验。

他们找来一些健康的人,分为A、B两组。A组的人入睡后,等发现他们眼球转动（做梦）时就把他们叫醒，然后再让他们入睡。B 组的人则等他们入睡眼球转完一个周期后再喊醒。三个月下来，结果 A 组的人大多精神不振，体力不支；而 B 组的人虽然睡眠时间没有 A 组的长，但个个精神良好，体力充沛。于是，科学家得出这样的结论：人睡眠是为了做一个或几个完整的梦。当然，这个结论未必可信。但是，我很在意这个结论。因为，它至少传递了这样一个信息：梦对于人生有着非同寻常的意义。

人们大都讽刺南柯一梦，但一枕黄粱毕竟丰富了南柯先生的人生。假如人连梦也没有，生活将是多么乏味和单调。假如人失去了梦想和想象，人生又将是多么可怕。"我们似乎往往在梦幻中比在生活中经历过更多时光。被摧毁的帝国，所想象所爱恋的女子，衰退的激情，获得的与失去的才能，被遗忘的家庭，啊！我的经历是何等丰富！难道还没有二百岁！"一生只活了六十六岁的法国浪漫主义诗人维尼这番话道出了这个道理。人欲度过丰富博大的人生，内心深处必得存有梦想。即便梦想不能成真，我们也了无遗憾。即便在最困难的岁月，在图圄之中，我们也能依靠梦想而存活。

与生活讲和

当下作家诗人形象的"破产"，让作家诗人生活在无奈的尴尬之中，毫无疑问与个别作家诗人不注意维护文人的整体形象有关。但是，也与时代有关，更与作家诗人的自我定位和生活态度有关。

有人说，19 世纪是诗人发疯的时代，20 世纪则是诗人倾心死亡，21 世纪的作家诗人则变得日益边缘和忧郁。在人类历史上，发疯和自杀的作家诗人很多，可以排出一个长长的队伍。人们站在夜空下，满含热泪看着一颗颗美丽的星星消逝。至于那些得忧郁症、生活落魄的作家诗人更是数不胜数。

作家、诗人是人类灵魂的导师，他们为什么会有如此结局呢？从根本上来看这缘于诗人作家的本质。激情、真理、正义、价值、尊严是作家诗人赖以安身立命的基础。遗憾的是诗人通过创作为他人提供精神的居所，却不能解决自己的生活和精神的安居问题。当社会不能为他们提供安身立命的前提之时，悲剧就发生了。

但是，作家诗人自杀发疯，包括得忧郁症决然不是好事。相反，社会有责任有义务杜绝或减少此类悲剧的发生。作家与诗人自身也有反思自身努力保护自我的必要。

如何减少作家诗人发疯、自杀和忧郁呢？很重要的一条是作家诗人要懂得学会与生活讲和。"与生活讲和"是美国老人莫里积几十年之经验临死前留给他学生的"最后一课"，它对作家诗人安身立命多有启迪。

与生活讲和，要调节好激情与理性的关系。聂鲁达说："当一个人激情大于理性时，他是一个疯子；当一个人理性大于激情时，他是一个呆子。"作家诗人多是激情主义者，要注意调节理性与激情的平衡，把握好度，防止进入疯子的误区。

与生活讲和，要处理好理想与现实的关系。作家诗人多是浪漫主义者和理想主义者，但是，这种浪漫和理想在现实中多有碰壁。作家诗人应该学会在现实生活的基础上追求浪漫和理想，而不能超越现实之上。当理想与现实发生矛盾时，不要放弃对理想的向往和追求，也不要成为现实的敌人或消极妥协者。

与生活讲和，要处理好生活与艺术的关系。艺术是重要的。同样，生活也是重要的。诗人首先是人，然后才是诗人。"人必须活着，爱才有所附丽。"同样，"人必须活着，艺术才有所附丽"。作家诗人在从事文学创作的同时，要先解决好个人温饱问题。"拿张大饼来，咱们谈诗"，而不是衣不蔽体，食不饱腹，依然大喊我要创作精神食粮。

与生活讲和，要对自身价值准确定位。诗人就是诗人，他不是太阳，也不是宇宙的中心，更不是可以发号施令的领导。诗人的价值和尊严往往在诗人的圈子之内。社会对诗人多有偏见。对此，诗人要有清醒的认识，对社会的误解，不必过于在意，他人说你是"流氓"又如何？总之，要学会以谦虚的美德对待偏见，而不是坚持以傲慢对偏见。否则，他人对文人的认识，只能越来越偏、越来越远。

心香一瓣美如斯

爱心的丢失

在人生路上行走，我发现，自己既是一个认真细致的人，也是个粗心大意的人。因为，行色匆匆之中，有时会在意一些本不该在意的东西，却忽视了那些看起来并不重要但却值得格外珍惜的点点滴滴。

记得那年冬天到内蒙古呼和浩特出差，由于是第一次到内蒙古，加之天气寒冷阴沉，以及身体不适，一到那里，便生出一种陌生和苍凉之感，心情亦是无端灰暗。

在陌生的城市醒来
唇边仍留着你的名字
爱人我离你已经千万里
冰冷的心在他乡难栖息

临行之前，曾带了一本书，想不起名字了，内容属于历史。那天午休之前，我拿出书来在床上捧读。看了一会儿，困意上来，我便顺手将书反扣在枕边。

下午开会回来，服务员已经打扫整理完房间。我发现，原本在床上的书被放在了床头柜上，旁边还有一张字条，上面写着：

尊敬的客人：

下午我整理房间时，看到了床上的书，想必您是一个喜欢读书的人，这让我格外敬佩。为了您看书方便，我自制了一个书签，希望您能喜欢。

祝您在青城期间心情愉快，万事如意。

落款是 28 号服务员。

我赶忙将书打开，发现在我看过的地方，果真夹着一个书签。上面还写着一行字：

愿您天天被阅读的大雪覆盖得天使一般幸福。

说实话，由于书签是手工做的，样子并不精致。但我非常喜欢。因为，她让身在异乡的我感到了一股很特别的暖意。

我庆幸，在陌生的城市遇到了如此热心细致的人。

有一次，某杂志社主编在一酒店请客。上的第一道菜是清汤海参，说是清汤，其实里面放了胡椒。因为我当时胃不好，吃饭忌辛辣，便将这道菜端给坐在身边的姜记者。我对她说："我胃不好，里面有胡椒，不敢吃，你替我吃了吧。"

这时候，姜记者把服务员叫过来，将情况告诉她，问能不能再做一碗奶汤的。服务员当即答应，并很快上来。

大约过了三个月，该主编朋友再次在那家酒店请客。那天，由于路上堵车，我到得最晚。等我坐下时，已经开始上菜。这次上的第一道菜依然是清汤海参。

等菜上齐后，我发现，其他人上的都是加胡椒的清汤海参，唯独我面前的是奶汤海参。

我明白，这样的安排不是出自酒店，而是身边的好朋友姜记者。

吃着热乎乎的奶汤海参，那一刻，我的眼睛居然有些湿润。

类似的细节，回忆起来还有很多很多。她们就像暗夜里的星辉，让我在原本苦涩的人生之旅中享受着温馨和幸福的感觉。

我曾自问，为什么平时总是自己享受别人带来的温暖？为什么自己不曾对别人有这么细心的呵护与关爱？

直到有一天，我找到了答案。

那年，我们单位举办一个下属单位参加的培训班，其间遇到一位多年未见的老同事。

见到我之后，老同事格外激动。他拉着我的手说，谢谢你当年对我的关心和照顾。

我笑着说，我没记得对你有过照顾啊？

他一脸真诚地说，可能你忘了。那年，我去考电大，一早起来往市里赶。你一直送到我门口，还对我说："好好考，我相信你，你一定能考上。"

他说："这件事儿，或许你已经忘了。但我一直记在心上，二十多年也没忘。"

哦，我顺着他的思路仔细一想，当年还真的有这件事儿。我真的忘了。

原来，我也曾经关心过别人，给人以温暖的，而不是从来不关心别人，或者说不会关心别人的。只是这些年来，我逐渐变得冷血，关心功能日益退化，好像已经不会关心和照顾别人了。

这是为什么呢？

想来想去，我想起诗人徐志摩先生在《想飞》中的一句话，并从中找到了问题的答案。

他说，人们原来都是会飞的。但大多数人是忘了飞的；有的翅膀上掉了毛不长，再也飞不起来；有的翅膀叫胶水给胶住了，再也拉不开；有的羽毛叫人给修短了，像鸽子似的只会在地上跳；有的拿背上一对翅膀上当铺去典钱使，过了期再也赎不回。

在这里，徐志摩说的是想飞的能力，其实，对于爱的能力来说，又何尝不是这样？

真正的玩家

那年大年初六，和朋友突发奇想，想到龙湖去看看究竟有没有传说中的天鹅。当时，我们分别用不同的软件搜索，结果搜到了两处龙湖，一处在章丘，一处位于黄河北。考虑到路程和时间关系，以及印象中关于天鹅所在地的传说，我们选择了黄河北方向。

路程虽然不远，但走起来非常困难。特别是到了龙湖边上，泥泞难行，车子差一点洆进去出不来，一下车便踩了厚厚两鞋泥。眼前两处水湾，既不大，也不漂亮，更没有天鹅半点影子。下车后只拍了几张照片，便原路返回。

快到黄河北岸时，突然想起，几年前自己曾到过附近的龙湖水库。于是，便在那里将车子停下，寻找当年曾经走过的足迹。没想到，一迈上大坝便有了惊奇的发现，比看到天鹅更令人欣喜。

只见水库的冰层上有两个人正往湖里面走，他们来到离岸边很远的湖中间，用铁锹将冰砸开，然后一个人坐在自带的板凳上，悠闲自得地在那里钓鱼，另一个人则在附近另辟战场。

真是太有才了。我立即拿出相机，拍下这难得的画面。他们的"壮举"引发了我和朋友讨论。

"他们真大胆，万一掉下去怎么办？"

"假如他们真的掉下去，肯定会出好片子。"

"是啊，那样，我们是不是需要下去救他们？"

对啊，几年前，一个摄影师曾经拍过一只非洲秃鹫盯在一个快要饿死的女孩身后，准备等她死掉吃了的片子。片子获奖后，人们普遍质疑作者的人性，为什么不去救她，拍这样的片子究竟什么意义？

你说，他们真能钓到鱼吗？朋友说："人家的目的不在钓鱼，而在享受这一过程。你忘了小时候学过的那篇课文了吗？钓胜于鱼。这才是真正的玩家，惊险又刺激，还能从中获得享受。你敢玩吗？"

你敢玩吗？对于朋友的问题，我当时没有回答。但事后做了一些思考。是啊，我也算得上是一个喜欢玩的人。可是这样的玩法，自己敢吗？想来想去，答案只有两个字：不敢，而且绝对不敢。

不是因为胆小，而是感觉根本没必要。

我虽然是一个喜欢玩的人，平时喜欢逛公园、看景点、拍照片，喜欢看足球、看篮球、看乒乓球，也喜欢看电影、看演出，但是，我所有的"玩"都有一定的"定义域"。即只玩适合自己的东西，从不玩惊险刺激的东西。我知道，那样的东西，我玩不来，也不适合我。

现在想想，我所谓的玩，无非是闲来无事的时候背上摄影包，带上一瓶水，四处走走，活动活动筋骨，看到美景顺手拍几张而已；既没有玩滑翔伞、蹦极、滑雪的惊险刺激，更没有冰上垂钓者的浪漫和挑战极限。与他们相比，我更在意的是那种随便走走玩玩的淡定和自然。

两相比较，个人认为，真正的玩家不在于玩得是否惊险刺激，也不在于达到什么目的，而在于是否有一种淡然和超然的心态，玩得平常，玩得自然，玩得轻松和放松。至此，我寻到了要找的答案。

和新认识的一个朋友谈起年龄，我问他感觉我有多大。他说三十左右。我笑着说："你是为了让我开心吧？"他说："从你的眼睛看，你应该不大。因为，你的眼睛里闪着光亮。年龄大的人眼睛会浑浊。"我告诉他，我已经年过半百，孩子已经大学毕业参加工作了。朋友只留给我一句话：那说明你心态好。"

说我年轻，我不认可。但说我心态好，答案是对的。现在想想，所谓的心态好，大概也就是刚才说到的，无论是生活还是工作，都始终保持一颗乐观向上、淡定而超然的"平常心"吧。

妻子的念想

与妻子步行上班的路上，经常在经四纬一路口附近，迎面遇到一位大概也是步行去上班的女孩。

那女孩大约二十岁，长得不是很漂亮，但气质非常不错。不曾料想，正是这个女孩，慢慢成了妻子的一个小惦念。

晨光之中，行走在路上，妻子经常不经意间对我说："看，那个小女孩！"那一刻，妻子的眼神中透着欣喜，像是小孩子发现了神奇。

有时，妻子还从遇到女孩的具体位置判断我们当天出门的早晚。小女孩一时成了她步行路上的一个时空坐标。

有一段时间，不知什么原因，大概有一个星期我们没有遇到那个小女孩。这几乎成了妻子的一个心病。她时常自言自语："小女孩干吗去了呢？"

当再次遇到小女孩的时候，妻子顿时喜笑颜开。我对她说："你啊，人家小女孩与你何干？你是不是得了强迫性神经官能症？"妻子说："你才神经病呢！"

昨天，当小女孩从我们身边走过的时候，妻子回头看了她一眼，然后幽幽地问我：你说，她如果遇不到咱们的时候，是不是也会像我一样，心里感到缺了点什么？我笑着回答：这个问题，恐怕你是想多了。

一天早上，我对妻子说："既然你如此在意这个陌生人，干脆主动给她搭个话，和她交个朋友吧。有空的时候请她吃个饭。"妻子听了，头摇得像拨浪鼓一样。

于人生路上，在同样的时间，同一个路口，经常遇到同一个人。尽管彼此不认不识，不说一句话，但彼此满含微笑看对方一眼，不见的时候，也心存一份念想。这看起来似乎有些滑稽，其实又何尝不是一种美好的际遇和境界？

女儿的哲理

女儿三岁左右时，由干妈海伦带着学习英语。每周星期六晚上，都要带她去海伦家上一个小时的英语课。一开始的时候，女儿对英语不感兴趣，教她东西，总是学这忘那，搞得初为人师的英语高才生海伦很是头疼。

有一次海伦教女儿学苹果、香蕉和水果的发音。对苹果Apple 和香蕉 banana 女儿很快就学会了，可是对水果 fruit，当时能读准确，过一会儿就忘了。海伦对她说："如果你到了美国，想吃水果 fruit，可是不会说，你就吃不到了。"听了这话，只见女儿"噌"地一下站起来，向前走了几步，然后做了个用手拿的动作，边做边说："那，我就直接过去拿！"

刚转学到济南时，女儿上小学四年级。暑假期间，给她报名到外国语学校上英语补习班。外国语学校离家比较远，需要倒车，第一次上课，我亲自把她送进学校，并帮她办理了入学手续。手续办完后，学校发了课本，女儿说：爸爸，你把我的书包带回去吧，我带的书用不上了。我说：好的，下课后自己坐 34路车回去。我就不来接你了。她答应一声好的，就进了教室。

等到了上午十一点半，我把公事处理得差不多时，把女儿的书包拿过来看了看，一看不要紧，发现女儿坐汽车的月票还有家里的钥匙都在书包里。我意识到了问题的严重，立即给妻子打电话："孩子身上有坐车的钱吗？"妻子说："孩子刚走着回来，现在在我这里呢。"我顿时感到孩子的伟大，要知道，学校到她妈妈那里大概有半小时的路程，而且人生地不熟的，路上车流如织，真不知她怎么走回来的。

下班后我见了女儿，告诉她："以后再遇到这种情况，要么在那里等我，要么让老师给爸爸或者妈妈打电话。"她却说："那还不如我自己走回来呢。"这就是女儿的哲理。

幸福的秘密

我有一位很要好的朋友，姓王。他对待工作、朋友和生活非常乐观，每次见到他，总是看到他脸上洋溢着幸福的微笑。我知道，这种幸福是有原因的，因为他有一对非常优秀的儿子。

他的两个儿子是一对"虎子"，生性喜人，聪明伶俐。不但功课优秀，在各自的兴趣爱好上都小有建树。一个练习书法多年，字体苍劲有力，很少能够有孩子做到如此地步；另一个喜欢画画，画山水栩栩如生，获过不少奖项。每位家长都望子成龙，望女成凤，真正能做到的很少，因此他的生活着实幸福，很多人说他命好。

因此，他的幸福常常被我拿来与其他人分享，直到有一天，我从另一位朋友口中得知他曾经的经历，让我震惊得说不出一句话。

很多年前，他曾有一个女儿，那时的三口之家其乐融融。有一天，他的妻子推着刚五岁的女儿在马路上玩。路边是一个施工工地，里面机器轰鸣。妻子推着孩子，在坑坑洼洼的路上摇摇晃晃地走。这时候，谁也想不到的噩运发生了。小车突然歪倒，他那可怜的女儿一下子掉进了路边正在运转着的搅拌机里。

无法想象眼睁睁地看见自己孩子死去却无力挽救是一种什么心情，更无法想象的是朋友究竟是如何从那种撕心裂肺的绝望痛苦中恢复过来的，而且身为好友的我从未听他提起过此事，一切都像从未发生。若非从另一人口中得知，至今我都觉得他的人生一定是上天的眷顾。

还有一个朋友，网名叫幸福格格。每当我心情不好时都喜欢找她出来聊聊，因为她总能给处于低谷期的我一种安慰、一种鼓舞。年轻的她常年独自在外打拼，那些辛酸苦楚可想而知，但是在她的脸上我从来看不到一丝的哀怨。我常常笑她："你工作得那么辛苦，才拿那么少钱，还天天傻乐，真是神经大条。"她却总笑眯眯地回我："少吗？我不觉得呀？我觉得很幸福，老天对我还蛮好的。"看到这么一个积极向上的人，我的心情也会变得莫名的开心。

终于，等到了她大婚的日子，我应邀出席，可是在婚礼上却没有见到她的父母，负责招待的是她的姨夫。在她的结婚典礼上，我得知，她的父母早已不在人世。原来在她十一岁的时候，一次车祸硬生生地夺去了她父母的生命。我再一次震惊了。因为，在此之前我曾问过她她的父母在哪里，她告诉我，他们在上海。

常见许多人处于生命低谷时一味地抱怨、苦恼，长期沉溺其中不能自拔，终日被泪水和无奈的情绪包围着。记得有人说过，每当向别人倾诉一遍自己的痛苦，痛苦就会重复上演一遍。想必我的这两个朋友深谙这个道理。

有人说，幸福是一个秘密。这个秘密，也应该包含曾经经历过的灾难和痛苦。

爱你永远如生命

《曾有一个人爱我如生命》是舒仪的一部新作，封面上是一朵似滴鲜血的白色花朵。

异域的一段爱情故事，乌克兰，奥德萨，一个血肉横飞的场合，一场心灵之约，生命之约。纯粹美丽，感人至深。

"当我在学校空旷的浴室里，扯着嗓子唱'I love you more than I can say'的时候，我并不知道，这样的故事，有一天也会发生在我身上。

"我年少的爱人啊，你在我身上刻下伤痕，刻下时光。在那些泪眼相望的夜晚，我依然记得，你便是爱情本身。"

我喜欢书中讲述的故事，更喜欢这些从故事中提炼出的爱的箴言。

捧读这本书的时候，让我想起一位浪漫骑士的爱情。这位已经去世的自由骑士和他的爱人一起，曾经共同编写了一部《爱你就像爱生命》，让我激动，让我回忆。

"年轻的时候，我们往往不懂得爱情。"但是，现在我们或许依然疑惑爱情。"如果当初我勇敢，结局是不是不一样。如果当时你坚持，回忆会不会不一样。"

我们说，生活，没有如果；爱情，也没有如果。要爱就要爱得如生命，是我唯一知道的事情。

爱就要爱得如生命，生命高于一切。当双方的生命，经受命运之神的考验，关键时刻，是否如如同珍惜自己的生命一样珍惜她？

爱就要爱得如生命，生命平淡如歌，又是那样真切。在那些索然无味的岁月，是否深深感知，两颗美丽的心灵，因爱的细节呵护而葱绿鲜活？

爱就要爱得如生命，生命是一个过程，真正的爱情，贯穿始终，没有曾经，没有如果，只有永恒，也只属于永恒。

故事是朋友推荐给我的。我们有相同、相通的爱，但没有曾经。因为，我许诺过，爱她永远如生命。

泰戈尔说："亲爱的，如果你愿意，请把灯关闭／我理解你的黑暗／并深爱着她。"我说：亲爱的，如果你愿意，请把生命交给我／我理解你的生命／并深爱着她。

每天必到的短信

阳春风笛是经朋友七彩灵儿介绍认识的一位朋友，她家居彩云之南。我们的联系，最初是在网上。2004 年她来济南时，大家在一起见过一次面，吃了一次饭。回去之后，我们通过手机短信保持一些联系。

自 2006 年春天的某一天开始，她给我发些人生物语之类的短信。这些短信，有的赞美人生和人性的美好，有的劝勉自己保持乐观向上的心态，幸福快乐地度过每一天。从短信内容看，一条条都很有文采，也很有启迪意义，不似转发，像是她个人编写而成。

每天早上 7 点 30 分，上班的路上，我都收到这样的短信。无论下雨，无论刮风；无论春夏，也无论秋冬，从不间断，从不变换时间。最初的时候，每当收到短信，我都是认真回复，表示感谢，也表达自己对对方的祝愿。

可是，时间长了，似乎感觉到了一些问题，心想这每天发一次短信的风笛，该不是出了什么问题吧，抑或到了更年期？于是，把电话打给七彩灵儿，询问风笛最近的情况。灵儿告诉我，她每天也收到这样的短信，没有什么值得奇怪的。

于是，我把心放了下来，一如往常地接受她每天必发的短信。只是，有时看了短信顺手回复一下，有时忙了，连看也不看，直接删除。久而久之，似乎形成了一种习惯，就像每天对待准时到来的手机报一样。

到了春天，七彩灵儿给我打电话，告诉了我风笛坚持给朋友们发短信的原因。她说，电话中得知，从济南走后，风笛经历了一场灾难，被查出得了癌症，而且到了晚期。当时，她万念俱灰，想通过决绝的方式了结自己的一生。

当她准备提前结束自己生命的时候，意外地收到来自海外的一位朋友的短信。朋友告诉她，前一个时期，丈夫因杀人罪被捕，自己痛不欲生，想离开这个世界。在朋友的劝勉下，自己最终坚持下来，后来，警方证明丈夫是被冤枉的。经历这件事情后，她感到阳光从来没有像今天这样美好。短信里，她劝诫风笛，今后无论遇到什么困难，都不要丧失好好活着的勇气。

看了朋友的短信，风笛的心开始平静下来，她对自己的决定进行了重新思考，并最终放弃了自杀的念头。结果，一个月后，大夫告诉她，她的病并不严重，所谓癌症属于误诊。由此，她更加感激那位在最关键时刻发短信的朋友。

通过这件事情，风笛想到，在滚滚红尘中打拼的人都很不容易，说不定什么时候会遇到一些想不开的事情，需要他人的劝勉和帮助。有时，别人的安慰，哪怕仅仅一句话、一条短信，也足以改变一个人的一生。可是，大家整天忙忙碌碌，平时又缺乏联系，彼此之间，根本不知道什么时候，哪个朋友遇到了困难，需要帮助。

经过慎重考虑，风笛决定，通过每天发短信的方式，给大家一些美好的祝愿和善意的提醒。于是，作为她的朋友，我们有幸每天都收到包含着她一片爱心的短信。令人遗憾的是，我们这些收到短信的人并不自知，也不懂得珍惜。

明白缘由之后，我彻底改变了对风笛的看法，在对她由衷感谢的同时，也增加了一份敬重。对她发来的每一条短信都仔细阅读，深深体会，认真回复，心中非常凝重而虔诚。

"看一朵花开，轻轻微笑；听一首歌唱，深深感动；读一段文字，淡淡温柔；念一条短信，浓浓深情。祝愿你天天开心，永远安康！"我每天都有幸读到来自远方的祝福。可是，突然有一天，风笛的短信中断了。第一天，我没当回事儿，第二天、第三天，依然没有她的短信。我担心她发生了意外，只好直接给她发短信询问。

风笛告诉我，自己每天给朋友发短信虽是善意之举，但对朋友的正常生活终是一种打扰。与其每天担心朋友发生意外，发短信提醒大家，不如在远方、在内心深处为大家默默祝福。所以，她把每天必发的短信暂时停掉了。这时候，我才真正知道，风笛考虑问题是那么细致、那么周到，一切都为朋友考虑，心中始终揣着美好！

自信的价值

女儿刚上高中时，写了篇作文，题目是《自信的价值》。一天，我闲着没事翻看这篇作文，没想到却翻出了一番惊奇。我惊奇孩子的文字，更惊奇老师的批语。

女儿作文的大概意思是：上小学时，自己在班里可谓是个璀璨的明星，从小就身兼数职，大队委、中队长、小组长、学习委员、课代表——几乎什么职务都担任过。那时，感到很自信，也充实。步入中学，自己突然厌倦了那个"官场"，只觉得浪费学习时间。于是，退出江湖，只想做个"两耳不闻窗外事，一心只读圣贤书"的中学生。随着时间的推移，处处自我封闭的结果，使自己的能力一天天退化，学习成绩也一天天下滑，变得不自信起来，甚至有了自卑情绪。后来，在老师的鼓励下，积极参加班级语文课代表竞选，走出了自卑的误区，从而明白了自信的价值和意义。

在文章精彩处，语文老师用红笔画了横杠，并从旁边加了批语。

女儿文中有这样一段话："终于，当班主任向全班同学询问谁愿意担任班长时，我勇敢地举起了右手。老师向我投来赞许的目光。我成功了，一切就是这么简单。那种感觉真的很棒，我终于跨过了自己人为设置的屏障，将一个新的形象展示在老师和同学面前。"老师的批语是："宝贝，你真的很棒。你具备这个能力，老师和同学们都信任你。"

女儿写道：自信对一个人多么重要啊！当年，面对曹孟德百万雄师压境，如果没有周公瑾的自信，怎会有赤壁大捷？身患重病的罗斯福，如果没有高度的自信，怎会和斯大林、丘吉尔一道领导盟国夺取反法西斯战争的胜利？老师的批语言是：宝贝，写得真好，联想丰富，启迪深刻。老师为你感到自豪和骄傲。

女儿说："我深知，自信是一个人内心生长的力量。她伴随人的生命一同成长。我把自信的种子埋在心中，让她带给我新的希望和力量。我终于明白了，不是因为某些事情困难而使我失去了自信，而是由于我失去了自信才使事情变得更加困难。"老师继续大加赞美："宝贝，你应该做得更好。加油吧，老师在期待着你！！！"

一篇文章下来，老师在七个地方作了点评，用了六个宝贝字样。

女儿回家后，我问她："你们的女语文老师多大？"孩子告诉我：二十四五吧。

要知道，当时孩子十六岁，老师并不比他们大多少，而老师却称他们宝贝。这样的老师难能可贵。

我将这一故事告诉朋友，朋友也感到惊奇，问我："老师这叫什么教学方法？”我说：“这叫‘鼓励＋爱心’教学法。”

朋友的美好

朋友浮生若梦在微信好友圈里玩了一个游戏。她说：“如果你在这条微信下点一个赞，我便写出你在我脑海里的印记。”

本着试一试的想法，我在那条微信下面点了一个赞字。很快，便收到了她的回复：“总是从图片看到你在球场摆各种 Pose，骄傲又自信，充满活力。还记得你拍的那幅画展上的马，把我们的感想连在了一起，犹如俞伯牙和钟子期，同是感性之人，难得的机遇。”

这段文字把我拉回了一段美好记忆。我想起了那年朋友在恒隆广场举办的以马为主题的艺术展览上的那匹白色骏马，尤其是她的眼神，凄美而幽怨，让人看一眼便心起波澜，顿生爱怜。

当时，那幅绝美的绘画打动了我，我举起了手中的相机。回来后，我把照片发在了微信里。没想到，我的照片打动了浮生若梦，并引发了她的赞叹。

不可否认，我们正生活在一个心灵越来越麻痹的时代。然而，通过这一人生片段，我发现，我们的内心深处其实还依然保留着那份最难得的感动与初心。只是被俗常所遮蔽，显得那么微弱，甚至可以忽略。

我感喟，真心感谢她的这个小游戏，把我拉回那一丝闪着光芒与温暖的记忆中。犹如让我在日益浮躁的生活中，看到了深邃而寂静的蔚蓝色星空。

后来，我又连续几次去看她那条微信下面对其他朋友的回复，可以说，每一条都既平凡又生动，引人思索。她写道：“回忆总会从一个笑容开始，那时候还在上夜班，偶尔会见到你一次，最记忆犹新的是凌晨十二点你开车带我兜风，一起抬头透过车顶窗看夜空的星星，安静透彻，我一直听着你说话，又是一个夏天。"

"似乎认识你很久，细想起来却只见过你三次，第一次你穿着可爱的背带裤坐在离我很近的地方，我却只看到你卷卷的头发，第二次长发飘飘的你害我没有认出来，第三次我们一起过的七夕。"

"哈哈，有你在的地方就有零食在，你知道大家很悲催吗，跟你玩后我们全都越来越胖，你却一直那么瘦，天理不容噢，哈哈。"

"你的小身板要我想忽略都不行啊，记得你对我说'等你胖到 200 斤，咱俩牵着手一起逛街，那得有多少人羡慕阿'，你总是那么搞怪又一本正经，你还记得那次去唱歌吗，你把我吃剩的冰激凌给吃掉了，记得抽时间还给我。"

"哈哈，现在的你已经长大，个子也超越了我，已经不是坐在门槛上的那个小屁孩，你总说我挎你胳膊走路别扭，咋就这么没有爱心呢，接招。"

毫无疑问，这些都是朋友之间相处的小细节，但她们是那么真实而美好。正是这些小细节成就了朋友之间的真情和友谊，也见证了人生之旅的感动和美好。

我们是万物的灵长，我们每个人都有一颗鲜活灵动的心脏。这颗心脏帮助我们体会和记忆人生大事，同样也应该体味和记忆细小事物和感情。然而，我们生活在现实世界里，为生存而打拼，实在是忽略了一些不该忽略的东西。

心中永远想着朋友的种种美好。这是一种态度，更是一种境界。

我，我们大家，为何不能都像浮生若梦一样，处于红尘之中，对美好永不相忘？哪怕是多么细小，甚至微不足道。

要知道，她们可是慰藉我们心灵的美丽星光。

第二辑

海岱情深

孔林深深深几许

曾多次到过曲阜孔林，只有这一次如此真切地触动了自己的灵魂。

踏着阳春时节的暖风，拐过孔林大门口的直行大道，一种从未谋面的大美立即迎面扑来。

林荫之下，满地盛开着淡紫色的小花，一丛丛、一簇簇、一块块，几乎布满整个园林。

这是什么花儿啊？真漂亮！远来的游客和我一样惊奇和感叹。

这是二月兰，是孔林里最常见的花儿。导游告诉我们答案。二月兰，属草花，十字花科，又名菜子花，花紫色，花四瓣，呈十字排列，因在二月盛开而得名。

二月兰？开得这么好，这么多，应该算是一种奇迹吧？

三千亩孔林，三千顷花开。

这似乎不再是一个古老的墓地，而是一个花的世界、花的海洋。

一簇簇小花从脚下铺陈开去，向四周蔓延，无边无际，直到林荫深处。

在这里，除了墓碑，几乎看不到一个坟头。因为，所有坟茔和那些逝去的生命，都沉睡在二月兰的绿荫和笑靥之下。

空气里弥漫着淡淡的花香，微风吹过，情不自禁地做一次深呼吸。那时候，似乎才知道，什么是真正的心旷神怡。

孔林是掩埋孔子及其后人的地方，而孔家是"文章道德圣人家"。按照惯例，文人骚客的墓前，人们会时常送来玫瑰花瓣。孔林里没有玫瑰，但有遍地盛开的二月兰。

那一团团、一簇簇，开得鲜活而娇艳的二月兰，大概是上苍专门安排的对孔家人的祭奠和怀念吧。

记得有诗人写过这样一段话："乳房，是人死后最容易腐烂的地方；可是，在离她最近的心脏，却生长着不朽的思想。"在孔林，这个埋着无数先人尸骨的地方，生长着灿烂的兰花。她们是否也有着自己最独特的思想？

寂静与庄严同在，美丽与生机相伴。三千亩坟地里，二月兰在轻吟低唱。心静如水的土地上，散发着泥土的色泽与花香。

有人说，孔林是世界上最大的人造园林。这主要得益于里面一棵棵参天蔽日的大树。孔林占地三千亩，大概有一万多棵大树。

相传孔子死后，弟子们从各地移来奇木异草栽植，有柏树、桧树、楷树、杨树等各类树木。现在孔林内的十万棵树木，其中不乏古树名木，有的已经达上千年历史。

在这些树木中，有一种树格外奇特。它与其他树木有所不同，它以特有的姿态站立成一种伟岸，让人怦然心动。

这种树，有一个很诗性的名字，叫"文柏"。

文柏是柏树的一种，它长得高大挺拔，直入苍天，树干顶部是一个收得很紧的树冠，远远望去，就像是一个巨大的毛笔，挺立在天地之间。之所以被称之为"文柏"，大概与它的独特形象有一定关系吧。

站在文柏面前，有一种仰之弥高的感觉。有时想，文柏应该是一种尺度，验证和衡量什么叫笔直，什么叫昂首，什么叫刚正不阿。

手抚高大笔直的文柏，突然想起，《桃花扇》的作者孔尚任先生的墓就在这里。这位孔夫子的后裔，当年因撰写李香君和侯方域的故事得罪了朝廷，从朝中高官被贬为贫民，流落孔林附近的石门山。

当时，孔尚任在创作《桃花扇》时，曾有好友提醒他，书中内容可能会触动皇帝的神经，建议他改一改。但是，孔尚任明知朋友说得有道理，依然坚持着自己的坚持。

据说，孔尚任写《桃花扇》时写得很投入也很辛苦，以至有时屋外鹅毛大雪，室内的他依然摇扇苦吟。这种精神，或许正是文柏形象的另一种写照吧。

中国历朝历代都不乏软骨文人，但是也总少不了像孔尚任一样的文人壮士。他们像孔林深处的文柏，脚踏充满死亡气息的土地，盎然而立，向天地展示自己人格的魅力。这是怎样一种大美？

孔林最核心的去处是洙水桥旁的"大成至圣先师文宣王之墓"，也就是孔子墓。与一般墓葬相比，孔子墓显得更有文化，也更有意思。

孔子祖孙三代安葬在一个相对独立的院落，孔子、孔鲤墓在后，孔子墓在右，孔鲤墓在左，孔伋墓在孔子、孔鲤墓的正前方，三个墓呈"品"字形结构。这种墓葬寓意是"携子抱孙"，即孔子领着儿子孔鲤，抱着孙子孔伋，目的是希望给后代带来好运。

孔氏子孙的这种安葬方式，得到了后人的继承。放眼望去，孔林四处，大大小小的无数坟墓，几乎都是类似的"品"字结构。

转眼到了黄昏，夕阳透过林隙照在孔家墓地上，盛开着二月兰的一座座坟茔排列有序，错落有致，一个个像身强体壮的古代先人蹲踞在那里，构成一个似曾相识的意象。

这个意象曾长久徘徊在脑海深处，一直难以给它一个准确定义。直到那一天，2008 年 8 月 8 日晚上，北京，奥运会开幕式，大脑豁然开朗：数万古代先贤，在礼仪之邦，击缶而歌！

歌声似大哲之言，穿越孔林，穿越古今，飞行弥远——

我爱你究竟有多深

　　我的故乡是泰山脚下"在那桃花盛开的地方"——山东肥城。可是，毕竟生活近，故乡远，多年以来，内心深处却深深地爱着我的"第二故乡"——泉城济南。若问我爱泉城有多深，"月亮代表我的心"，山川、文脉和星辰。

济南的泉

　　几乎所有人都知道，我们所在的这座城市济南还有一个十分漂亮的别名，叫泉城。一切只因为济南是一座水上的城市，是一座泉上的城市。她因水而生，因泉而生。

> 城市生在水上，生在泉上
> 泉水就是我们的亲娘
> 那生命的活力
> 还有那不竭的激情
> 在汩汩流淌的泉水中
> 波光荡漾，奔向远方

　　这的确是一方生命之水。万物因泉水而青葱，城市因泉水而拔节，百姓因泉水而灵性。
　　我们还知道，这里的泉，不是一般意义上的泉，不仅仅是在山以东的泉，也不仅仅是在海之右的泉，而是闻名天下的泉。因此，人们又总是称她为"天下泉城"。

世人有"桂林山水甲天下"的说法，除此之外，还应该有一个更准确、更富有诗意的表达——"济南泉水甲天下"。一切只因为，这里的泉水实在是太多了。

那众多的泉眼
像闪闪发亮的小星星
怎么数也数不清
行走在大街上，一不小心
一股美丽冰凉的惬意
就会吻了你的脚心

一切还因为，这里的泉水实在是太美了，美得几乎让诗人都无法用语言来形容。趵突泉、黑虎泉、五龙潭、珍珠泉"四大泉群"，争相喷涌；"七十二名泉"，争相斗艳。趵突泉更有"天下第一泉"之名号。

"我喜欢这满城的泉池，
她们在光芒里大声地说着光芒。"

这是我最喜欢的泰戈尔的诗句。只因为，她写出了泉城的美丽、诗性和光芒。

老子说，上善若水。如果欣赏过济南的泉水，他想必会说，"上上善若泉城之水"。

因为泉水的这种特性，所以养育了泉城人最善、最美、最真的心性。

趵突泉是济南最有名的泉，不仅位居"七十二名泉"之首，更是位于"四大泉群"之首。她那"天下第一泉"的名号并不是济南人敝帚自珍、孤芳自赏，而是来自乾隆皇帝的御封。

趵突泉最美好的品质是清澈甘甜，民间素有"不饮趵突水，空负济南游"之说。她有三个泉眼，像三个不停起舞的姊妹。历史上涌高曾达数尺，堪称天下奇观。《水经注》曾形容其"泉源上奋，水涌若轮"。

喷涌，喷涌
向上，向上
这难道不是
奋斗者的形象

黑虎泉是济南第二大名泉，像来自大山深处，泉眼为一峭壁中的洞穴，泉水通过洞中暗道由池壁三个虎头喷涌而出，像猛兽吐玉。温柔的泉水与凶猛的野兽有机地结合在一起，形成一种强烈而独特的暴力美学。

偶露的峥嵘，竟吼得瀑飞涛起
跳珠溅玉，水雾漫天
我知道，你是一匹猛兽
但是，你也有一颗
白玉般的上善之心

珍珠泉是济南第三大名泉，在近两亩的一方净水之内。她泉眼众多，数不胜数，水泡吐涌而上，摇摇曳曳，日光相映，形态各异，如泻万斛珠玑，美得醉人心扉。

这是一鉴开的半亩方塘
这是一个最静谧的世界
在这里，我只想心上的静静

碎碎，念念，牵牵，绊绊
摇摇，颤颤，浅浅，淡淡

　　五龙潭与趵突泉、黑虎泉、珍珠泉并为"四大泉群"。历史上曾有五龙在此戏水之说。这里最值得关注的景致是唐代大诗人杜甫与李邕曾在此宴饮的千古名亭"历下亭"，又名"名仕阁"。杜甫"海右此亭古，济南名士多"的千古名句，就是在这里写就。

一个诗人派对
为何在这里举行
一句天下名言
为何在这里诞生
只因为这里
有龙更有水
只因为这里
很美，很美
不竭的泉水
滋润了城市的白天和黑夜
也醉了诗人的眼和心

　　百脉泉位于济南东部的章丘区，为一长 26 米、宽 14.5 米的大型泉池，泉眼众多，泉水浩大，像百脉一齐喷涌，水流过处，湿地百亩，感觉应该是泉城济南最大的泉。北宋时期，这里诞生了著名女词人李清照。她人长得水灵，词写得漂亮，是婉约派的代表人物，才华像泉水一般横溢，素有"天下第一才女"之称。毫无疑问，这与她喝百脉泉里的泉水长大有一定关系。

那百脉泉里的水
滋养了你的人
也滋养了你的词
更滋养了你
"生当作人杰
死亦为鬼雄"的
千古豪气

漱玉泉名称出自"漱石枕流"。济南共有两处漱玉泉,一处在趵突泉公园,一处在章丘百脉泉公园,皆于两处的李清照纪念堂邻近。李清照有词集名《漱玉词》,盖因"漱玉泉"而得名。

看见你,就像看见那位女词人
读你,就像在读她美丽的诗词
你有她,千变万化
摇曳多姿的才思
她有你,冰清玉洁
一尘不染的品质

舜泉是济南最独具特色的泉,名为泉,实为一口井,又名舜井。舜井不是一般的井,而是有渊源、有文化、有内涵的井,堪称天下第一井。传说舜耕历山,掘井而出泉,滋养这里的子民。欧阳修、曾巩、苏辙、元好问等文学大家对舜井均有歌咏和赞叹。

你是一口井
又好像不是一口井
大舜凿出的是一口井

更是传承不息的淳朴民风
吃水不忘打井人
什么时候，也不要忘了
我们是舜的后人

　　金线泉在趵突泉附近，是最神奇的泉。因泉水像金色丝线而得名。泉水从池底两边对涌，在水面相交呈现一条水线，在阳光或月光下闪闪发光，犹如金线浮动，奇特又罕见。

看着你，我忘却了泉
而是想起了
光阴和时间
还有金梭和银梭
穿梭成的崭新的
人生概念

　　五莲泉喷涌在护城河上，曲岸巧石，泉水自石缝溢出，缓缓流入护城河。池底泉眼较多，最大者五个，像五片盛开的花瓣，构成一朵美丽的莲花。

水为蕊，光为瓣
盛开着，千年万年
我愿长久将你守候
欣赏伟大的折光
反射在美丽事物上面

　　无忧泉与趵突泉相邻，泉池一亩余，巧石列岸，水清见底。泉水经石隙流入趵突泉池内。明晏璧有诗云："酌水能消万斛愁。"

都说借酒能解愁
实则临池能忘忧
那些借酒消愁的人
从今以后
还是把酒戒了
多来这里吧

有一处泉，名叫"孝感泉"。据北宋乐史《太平寰宇记》记载："耆老传云，昔有孝子事母，取水远。感此，泉涌出，故名'孝水'。天宝六年敕改为'孝感水'。"无独有偶，在这里还广泛流传着一个闵子骞尽孝的故事。由此可以看出，济南还是一个孝义之城。

这是一个箴言的写照
滴水之恩
当以涌泉相报

墨泉与百脉泉相邻相伴，泉水自井口涌出，翻滚如球，水色苍苍如墨。传说为李清照洗笔处。这说明，这天然的泉水，是识文解字、粗通文墨的泉，是有文化、有品位的泉。

此地有墨泉
斯文足可传
墨泉，墨泉
恰恰在济水之南

济南的山

济南是闻名天下的泉城，其实也是一座山城。四里山，五里山，六里山，七里山——山连着山；灵岩山、九如山、北大山——山望着山。几百座形态各异的山，星缀在这片大地上，数也数不完，爬也爬不完。

在这群山之中，最有名的当属千佛山。她与趵突泉、大明湖并称济南"三大名胜"。千佛山的"小名"叫历山，虽然海拔只有285米，因为古代大舜曾在此耕种而名扬天下。隋朝开皇年间，佛教盛行，在山崖上造数千佛像。这一重大历史事件足以证明，济南真是一个名副其实的好地方。

几千个大佛

不远万里

从四面八方

来到这里

来到这里

就爱上了这里

从此再也不走了

爱上这里的，不只是几千个大佛，更有这里的万千市民，尤其是那些上了年纪的老年人，他们天天厮守在这里，围着山转，围着水转。转山，转水，转快乐，转健康。

与千佛山齐名的是佛慧山，海拔460米，是全市的制高点，登上山顶，可以俯瞰整个城市。每每登临，总是令人心旷神怡。最令人称赞的是悬崖绝壁上的摩崖巨佛头像，又称"大佛头"，高7.8米，宽4米，号称国内最大的佛头。既然头部全国最大，如果雕刻身子，自然也应该是全国最大。从这个角度讲，其实它就是全国最大的大佛雕像，比"乐山大佛"应该还要大。

在我看来，这个佛慧山上的"大佛头"可不是一般的"头"。它不仅大，而且内涵丰富，意义非凡。

> 这是一颗充满佛性的头颅
> 一颗充满智慧的头颅
> 因为佛性，所以向善　所以虔诚
> 因为智慧，所以向学　所以日新

在黄河两岸，有九座山头，素有"齐烟九点"之称。唐代著名诗人李贺有诗《梦天》为证——"遥望齐州九点烟，一泓海水杯中泻"。清代郝植恭在《游匡山记》中曾详细记载说："自鹊华而外，如历山、鲍山、崛山、粟山、药山、标山、匡山之属，蜿蜒起伏，如儿孙环列，所谓'齐州九点烟'也。"

站在千佛山"齐烟九点"牌坊处北望，心中禁不住对这九座山头的来历作些思量。

> 是山神托孤
> 把九个孩儿
> 交给济水母亲
> 抚养长大？
>
> 还是造化担心
> 泉姑娘太过孤单
> 让九个顽童
> 前来陪伴？
>
> 抑或是天上的九颗星星

因为泉城的美好
偷偷下凡
住了下来？

在"齐烟九点"九座孤山中，最为神奇的还是华山。此华山虽小，且只有197米高，因历史上著名的齐晋"鞍之战"发生在这里，并诞生了"三周华不注"的典故，从而成为一座历史文化名山。著名诗人李白曾写下"兹山何峻秀，绿翠如芙蓉"的诗句，称颂她如芙蓉花一般美丽。趵突泉里，赵孟頫"云雾润蒸花不注，波涛声震大明湖"的对联更增添了其扑朔迷离的神韵。

其实，相比李白和赵孟頫的诗歌，我更欣赏现代诗人孔孚笔下《飞雪中远眺华不注》中所抒写的那份凄美和孤寂，那份昂扬向上的生命力量：

它是孤独的
在铅色的穹庐之下
几十亿年
仍是一个骨朵
雪落着
看！
它在使劲开

位于长青境内的五峰山，因高耸入云的五座秀美山峰而得名，属于泰山支脉，与泰山、灵岩山并称"鲁中三山"，素有齐鲁仙境美誉。面对五座山峰是由神仙化成的传说，一种诗情画意油然而生。

这座山上有五个山峰

他们由五位神仙仙化而成

他们来到这里

是要把这块土地庇护

当大地干旱　崮云湖见底

他们伸出五指

把云留住　把雨留住

当老百姓的日子值得庆贺

他们又像黑天使乐队

在风中起舞　在雨中起舞

一起尽情欢呼

　　七星台位于济南市章丘区垛庄镇，被称为世界十大最美星空观赏地之一，是中国首个星光公园和星光保护区。为什么这里的星星格外明亮？这不能不让人猜想。

或许是因为这里

山太美，水太美，人太美

星星才肯赶来

白天来，夜里也来

七颗星星，结伴而来

星星们都来了

七仙女肯定早晚也会来

　　平时，人们总是说，我们缺少仰望星空的人，也很想做一个能经常仰望星空的人。那么，哪里才是仰望星空的最好去处呢？答案就在这里，答案就是七星台。

　　白马山位于济南市市中区，又名开山。相传是由一匹头南尾北、昂首腾飞的白马石化而成。远远望去，果真像一匹白马在奔腾。

> 谁为你施了粉黛
> 让你具有雪山的风采
> 在你面前
> 我为公孙龙点赞
> 白马非马
> 你原本就不是一匹马
> 而是一道白色的光芒或者闪电

　　燕子山位于历下区，与千佛山相望，因形态像一只飞行的燕子而得名。我喜欢她，喜欢她展翅欲飞的形象，更喜欢她对泉城的留恋。

> 像归燕，常住济南
> 又从来不愿离开
> 终于读懂了
> 济南的冬天
> 为什么如此温暖

　　欣赏燕子山，不禁怀疑，诗人桑恒昌"一支箭羽／射落一个冬天"的诗句，是不是专门为燕子山写的？
　　写济南的山，最不能漏掉的是英雄山。因为，她不仅是一座山，还是济南市著名的爱国主义教育基地。她因距离老济南内城南门四华里，原名叫四里山，后来改名英雄山。
　　因为每到秋天，漫山黄栌树像熊熊燃烧的红霞，所以英雄山又名赤霞山，山下的广场名叫赤霞广场。军旅作家高建国的纪实文学《生死契阔英雄山》，专门记述英雄山上的英雄故事，充满荡气回肠的革命英雄气概。一册在手，让人对这座山和这座城生出深深的敬意。

> 英雄的山，英雄的城
> 英雄的使命
> 忠诚先于机遇
> 牺牲只为道义
> 烈焰般的战火
> 和一腔腔热血
> 化作漫天的赤霞
> 将整个城市照亮

济南名士多

济南也是一座人文之城。大唐年间，因一代诗人杜甫曾千里迢迢来到这里，在"历下亭"陪李北海举办盛大派对，即兴写下了"海右此亭古，济南名士多"的千古名句，从此这里便成为一座天下皆知的"名士之城"。"名士多"也成了一道靓丽的名片，令无数济南人深感自豪和骄傲。面对这天下独一无二的殊荣，心中不免生些纳闷：天下何处无名士，缘何泉城名士多？济南名士纵然多，放眼全国又若何？这一切需要细细寻访、深深领会，方能理解其中的奥妙和精义，也才能慢慢寻找到真正的谜底和答案。

在大明湖岸边，遥望湖心岛上的"历下亭"，并慢慢靠近她，或许能从中体察和领略到一些什么。

> 你坐落在湖心岛上
> 又好像立于城的高处

似一束更高处的光芒
千佛山的倒影
时常与你重叠
色彩斑斓 摇曳多姿
我相信，在你的身上
凝结了泰山的雄伟
泉水的柔情
传承了孔夫子的基因
稷下学宫的血脉
是齐鲁文化孕育了你
让你长成现在的形象
一如一束亭亭玉立的夏荷
开在城的中心，开在水的中央
放射独特的美丽与光芒

行走在这方山水间，任谁都会发现，这里有一个最核心的字眼，那便是"舜"字，舜耕——舜井——舜元——舜玉——可以说，无"舜"字，不成济南。这一切，都是因为历史上的大舜帝所引发。据司马迁《史记》记载，大舜曾在历山下耕种劳作。他孝且有贤德，曾禅让天下，成天下美谈。大舜属于我国古代"三皇五帝"之一，由此可以看出，他是济南名士的鼻祖，是济南名士的一代宗师，不仅是济南最早最大的名士，至今依然有着广泛而深刻的影响。

远去的足音还在回响
一定是你的神思在历山顶上眺望
你抒写的宏大叙事
被山色水音涂抹

一直弥漫着谷穗的芬芳
那无垠的田畴
正将一抹绿意和拔节的城市
翻成一片的金黄

闵子骞是济南最守孝道的名士。他原本是至圣先师孔子的高徒。孔子对弟子要求一向严格，对他却大为赞赏："孝哉！闵子骞，人不间于其父母昆弟之间。"元人编撰的《二十四孝图》中，闵子骞排在第三，实属中华民族文化史上一个极为重要的先贤人物。在济南百花公园西门北侧有闵子骞墓，可供后人凭吊瞻仰。人们甚至将门前的道路命名为"闵子骞路"，以示纪念。

济南，是一个最懂教育的城市
把你的名字刻在马路两边
让人记住你的言行
提醒泉城儿女
一定要有一颗孝心
也提醒那些待嫁的姑娘
一定要做一个好母亲

在济南名士中，有一个叫邹衍的人，他出生于济南章丘，是阴阳家的代表人物，"五行"的创始人，也是稷下学宫的著名学者。主要成就是创立了"三大学说"："五行说""五德终始说"和"大九州说"。因"尽言天事"，被称"谈天衍"，又称邹子。据传，晚年因邹衍蒙冤入狱，苍天六月降霜。可见其影响力和感召力之大。

他若在天上

必是一颗文曲星
他若在地上
也是一粒火的种
他不是天神
也不是天人
只是一个爱学习的人
一个爱思考的人
一个喜欢对世界发表看法的人
他一出手
便惊了天地　泣了鬼神

在黄河南岸，有号称"齐烟九点"的九座山头，这九座山头之中，有一座名叫鹊山。这是对一代名士扁鹊在济南行医的铭记。如果说，一代名士大舜身上展现的是中华民族勤劳智慧精神和天下为公的担当；那么名医扁鹊身上体现的则是生命第一、救死扶伤的人文情怀。

你在济南行医的时间最短
就那么几天时间
就有一座山为你记名加冕
因为，你在这里留下了
一个疗治百病的千金药方
"千家万户留脚印，药香伴着泥土香"
《春苗》里的歌声
曼妙婉转的悠扬旋律
最终还是关于你的传说
一个济南名士的崭新再版

济南最有名的官方"名士"当属鲍叔牙，他是先秦时期著名的政治家、军事家和外交家。他辅佐齐桓公成为春秋时期第一个霸主，是其毕生最耀眼的高光。他与管仲的交往，情深意浓、慷慨大义，成就"管鲍之交"的一代佳话。齐桓公四十一年，担任国相时，他病逝于任上，却安葬于老家济南的历城鲍山。

　　一辈子风云际会
　　从没在济南这个地方生活
　　却把这里作了最后的归宿
　　想用最长的时间
　　守候这里最美的风光

济南最负盛名、最具才气的名士当属宋代著名女词人李清照。她是今济南市章丘区人，百脉泉边长大，号易安居士，婉约词派的代表人物，与辛弃疾并称"二安"，有"千古第一才女"之称。有这样的名士在，既是上天的恩赐，也是济南人的骄傲。令人骄傲自豪的不仅是她的诗词，更有她堪比男人的英雄气概。

　　一个喜欢作词喝酒的女人
　　总是在半梦半醒中寻寻觅觅
　　一个不需要减肥的女人
　　总是在虚虚实实中瘦比黄花
　　一个原本柔弱的女子
　　却敢吼出天下第一声
　　生当作人杰，死亦为鬼雄
　　羞煞天下几多好男儿

与李清照齐名的名士，当属辛弃疾。这位自称幼安居士的名士，是今济南历城人。他是南宋豪放派词人的代表，开一代词风，与苏轼合称"苏辛"，与李清照并称"二安"。他最高光的时刻，不是写诗，而是在战场上，他曾带领五十多人进入十万人敌营，活捉叛徒，留下千古美名，展现了非一般的英雄气概。

"人中之杰，词中之龙。"这是清代著名诗人、词家陈廷焯对辛弃疾的评价。这一评价包含两个方面的内容：一是赞辛弃疾"为人"，堪称"人杰"。聚义，能成英雄；为官，造福一方。于国，拳拳之心；交友，铮铮之节。其不为"人杰"，孰为？二是赞辛弃疾"为文"，堪称"王者"。龙者，王者之意也。由此可见，辛弃疾实在是人间翘楚，那个时代真正的男神。这样的男人，除了敌人不喜欢，除了瞎眼皇上不喜欢，谁会不喜欢呢？如果放在现代，说不定会有无数"辛粉儿"，也说不定网上还会流传一句经典网络用语："选人当选真男神，嫁人当嫁辛弃疾。"

> 他是一个诗人，也是一个战士
> 他用两杆武器作诗
> 一杆是笔　一杆是枪
> 他用笔　写出一生的豪放
> 他用枪　写出毕生的传奇
> 他用毕生精力，证明一个最朴素的哲理
> 谁说百无一用是书生

张养浩是元代著名散曲家。诗、文兼擅，以散曲著称。幼有才名，长游京师，为人耿直、为官清廉，多次力荐朝廷，心中有民，长养浩然之气。事实上，他最令人佩服的不是他的曲作，而是他身上涵养的浩然正气。

> 在旷野之上　于苍凉之中

一棵小树苗怎样才能长成一棵精神的大树

一个弱小的生命怎样才能演绎不凡的人生

一个伟大的声音穿越时空　昭告世人

养浩然之气　走人间正道

这是来自神灵的启示

也是一位先人来自实践的真谛

学无止境，气有浩然

这是他全部的人生词典

他生长在泉城济南

他活跃在大江南北

他的名字令人起敬，他的形象令人肃然

　　边贡是明代著名诗人、文学家、藏书家。生于今历城。因家居著名的华山附近，华山下有华泉，自号"华泉子"，明代"前七子"之一。与李梦阳、何景明、徐祯卿齐名，时称"四杰"，翻译过来可以称为"四大杰出的名士"。晚年因其万卷藏书楼被烧，过度伤心郁闷而死。不是为失财而死，不是为失官而伤心，死去只因为精神财富被烧，这样的人着实令人敬佩。

万卷楼，万卷藏书

你是她的主人

她是你的女神

你创造了她

却为她心碎

苍天曾经垂泪

大地曾经发问

你为何如此痴迷

又为何一定献身

可怜天下父母心

　　明代文学家、戏曲作家、藏书家李开先也是济南的一大名士。他是"嘉靖八子"之一，有"词山曲海"之称。曾在宁夏目睹边防荒弛，外患严重，深有感触，也极为反感。在文学上，他不追风、不逐流，而是有自己的主张，反对"文必秦汉，诗必盛唐"文风，主张向韩愈、柳宗元学习。晚年，因斗胆抨击时政，揭露夏言和严嵩的恶行，被罢官免职。其拳拳之心、铮铮铁骨，令人敬仰。

　　他注定是一个敢开先河的人
　　开先不仅是他与生俱来的秉性
　　开先是他自己赋予自己的责任
　　开先还是来自雁背上太阳的深情召唤
　　他以自己的睿智和果敢
　　开始了开先河的事业
　　他向文坛开炮
　　不要再"文必秦汉，诗必盛唐"
　　他向两座大山开炮
　　一个是夏言　一个是严嵩
　　虽然，他失败了
　　但他的旗帜，因为高洁而飘扬
　　他的精神，因为高贵而动人

　　李攀龙是明代著名文学家。继"前七子"之后，与王世贞等人倡导文学复古运动，为"后七子"的领袖人物。他曾主盟文坛二十余年，其影响广大而深远。曾为地方官员，政绩突出。嘉靖年间，因不能忍受巡抚挟势倨傲，拂袖罢官，回家乡筑白雪楼隐居。隆庆年间复出，任浙江按察司副使。

原本是一条敢于腾空的巨龙
又似一只展翅飞翔的苍鹰
虽然名为攀龙
但绝不攀龙，亦不附凤
有人说你清高，有人说你桀骜
清高怎会潜心在泉边苦读
桀骜怎会联手发起复古运动
你只是坚持了自己的秉性
保持了一代文人应有的风骨

进入现当代，济南依然保持着名人辈出、浩气长存的光荣传统。现当代名士可以排成一个长长的队伍。在这个队伍里，我们可以看到这些人的名字：舒同、臧克家、武中奇、孙昌熙、冯中一、韩美琳、孔孚、郭澄清、苗得雨、桑恒昌、徐北文、张海迪、张炜等。他们像济南的七十二明泉一样，以各自的努力，以属于济南人的操守，在这方土地上绽放着属于济南名士应有的光辉。

元代戏曲家元好问曾发自肺腑地说："有心长做济南人。"这说明，元好问这个人真是太有眼光、太有品位了。济南有这么好的泉，这么好的山，这么好的人，谁不想长期生活在这里呢？

古代先哲与苍山大蒜的价值

车进苍山县，猛然想起，苍山是古兰陵的所在，荀子墓就在这里，于是产生了拜谒古墓的念头。

注意观察路标，试图发现抵达荀子墓的路线。然而，满眼都是广告。在花花绿绿的广告丛林里，以兰陵酒的广告为多。"中国人的喜酒——兰陵喜临门酒"，"兰陵美酒郁金香，玉碗盛来琥珀光。但使主人能醉客，不知何处是他乡"。这是借用李太白的诗句作推销产品的文章。兰陵在全国比较有名，不是因为荀子，而是因为美酒，想来不免让人有些悲哀。

在一个十字路口，向一个戴着眼镜的青年人打听荀子墓的去路，不料他说："大蒜塔我知道在哪里，但我不晓得荀子墓。"

"大蒜塔"三个字让人骇异。苍山是大蒜之乡，苍山大蒜闻名全国，也曾听说人们为在日常生活中做出突出贡献的大蒜立塔以示尊敬和纪念。然而，不曾料到，今天，大蒜——这物质的实体，竟与荀子——这思想的大哲有如此巧妙的对比，而且竟有那么大的反差。不得不承认，现在是物质的世界。在这个物质统治思想的环境里，遥远的荀子的思想与实实在在的美酒和大蒜相比，不过是虚无缥缈的烟云罢了。何况，荀子本身也是一位朴素的唯物主义者。毕竟，现在进行时并不是荀子所处的战国年代。

荀子生在一个伟大的时代，那时中国历史正在发生大的转折，中国大地尚未统一，诸侯称雄，武力纷争。老子、孔子等一代先哲刚刚告退，"百家争鸣"已趋于尾声。那时，苏秦、张仪正翻动三寸不烂之舌，发挥语言和说谎的天才，游说于诸侯之间。那时，公孙龙正忙于和别人辩论"白马非马""奴婢有三个耳朵"和"坚白同异"。那时，田横名成壮士，毛遂冲破世俗的偏见自荐为官。荀子从赵国的小巷里走来。这位胸怀大志的"仁者"，要用不同于他人的方式，实现"安社稷，济苍生"的大业。他遍读古史经典，观察自然社会，向天地向人类向内心发问，从而吸取儒、墨、道、法、名各家之长，形成自己独特的思想体系，在乱云飞渡的环境里，发出震耳欲聋的新声。

当时，孔孟之道的"天命论"和墨子的"天志论"在社会上已占上风。然而，年轻的荀子对此射出犀利的投枪，他说"天行有常，不为尧存，不为桀亡"，第一次把天解释为自然界，开唯物主义之先河。孟子的"人之初，性本善"理论广为流传，荀子却大胆断言"人之初，性本恶"，而且人的本性通过教化可以转变。领兵作战，一般军事家认为要取胜必"上得天时，下得地利"，荀子却认为这还远远不够，天时地利之外，关键还要"人和"。为了达到理想社会，孔子寄望于上层，一个贤明君主，一位高贵的、仁慈的、善良的、诚实的君主，用他对同胞进行稳定的、大公无私的治理。老子寄希望于下层，通过做百姓的工作，让人们知足常乐、听天由命、随遇而安。荀子却取二者之长，提出上下结合，上"仁"，下"和"。荀子曾事齐国，到闻名遐迩的文化教育中心"稷下"讲学，并三次担任令人尊敬的学宫首席大夫。他曾仕楚，被"伯乐"式的春申君任为兰陵令。然而，这位伟大的哲学家、思想家、军事家、教育家却多次遭受小人谗言之害。因受谗，离开齐国，离开他心爱的讲坛。因受谗，春申君死后被罢免兰陵令。尽管工作实践证明他是一位贤能的好官，但这位"心比天高"的志士终于没能完全实现他的鸿鹄之志，在兰陵这块土地上郁悒而终，死后葬在这里。

两千年后的今天，来拜谒这位先人之墓。墓地难寻，深感苦恼。直到傍晚时分，才在兰陵镇东南找到。墓是黄土堆，并无特殊之处，只有"楚兰陵令荀卿之墓"的墓碑和"山东省重点文物保护单位"证明这是掩埋一代伟人骨魂之处。

夕阳西下，古墓昏鸦，一股荒凉感袭上心头。不由得想起明景泰二年沂州人李晔咏荀子墓的诗句：

> 古冢潇潇鞠狐兔，路人指点荀子墓。
> 当时文彩凌星虹，此日荒凉卧烟雾。
> 卧烟雾，秋黄昏，苍苍荆棘如云屯。
> 野花发尽无人到，惟有蛛丝罗墓门。

刘勰先生的追求与梦想

莒县浮来山下的清泉峡南岸石壁上，有一架六角飞檐的红亭，隐现于苍松翠柏之中。亭子附近有一石碑，上书三个大字"文心亭"。这三个如椽大字是一代文豪郭沫若所题，此亭是为纪念梁代著名文学批评家刘勰所建。

刘勰，提起他或许有人会感到陌生，事实上，他是一位值得格外敬重的人物。这位《文心雕龙》的作者，是位世界级文学理论大师，在文学史和文学批评史上值得大书特书。然而，在我们周围却有很多人不知道他是哪朝哪代，何方人士，干什么的。更有甚者，有人连刘勰的"勰"字也不认识。这对于我们这个以文明著称的民族来说，不能不算是一个不大不小的悲哀。事实上，作为近乎穷困潦倒的刘勰，创作出《文心雕龙》这部旷世奇书本身就是一种极为悲怆壮观的文化现象，只是史学家对文学批评家太吝啬笔墨了，以至厚厚的一本《梁书》介绍刘勰生平事迹的篇幅极为简短。我们很难从史书只鳞片爪的记载中体会刘勰的艰难和悲怆。

如今，坐在文心亭绿荫之下，思绪如同秋浦一般漫长，借助史书并不连贯的记载，追思这位让人肃然起敬的文学大师，心中充满感念。按说，刘勰的出身也还不错，祖父刘灵真是南宋司空刘秀之的弟弟。父亲刘尚曾任越骑校尉。刘勰出生时，家境也还算殷实。然而，好景不长。不久，他的父亲去世，家道开始跌落，贫穷开始困扰着他。不幸得很，大约二十岁的时候，刘勰的母亲又去世了。他无依无靠，生活更加贫困，虽然到了婚娶年龄却无力结婚。这时，两条人生之路摆在了年轻的刘勰面前，要么走常人所走之路，以生活计，种地谋生，逐年积累，娶妻生子，了其一生；要么步伟人之迹，以事业计，绝世俗，拜名师，学有所成，创一番惊世骇人的大业。刘勰毫不犹豫地选择了后者。

齐武帝永明年间，刘勰依附沙门，拜僧佑为师，居定林寺整理佛经。在这里，如饥似渴的刘勰如鱼得水。他沉溺知识的海洋，遍读佛教经典，饱览经史百家和历代文学作品。暮鼓晨钟，春夏秋冬，黄卷青灯，刘勰学而不辍。可以想见，月明星稀之夜，处于青春期的刘勰也曾会春心涌动，也曾会萌生断学、归家、种地、娶妻的念头。然而，刘勰毕竟是刘勰，他最终战胜了自己，战胜了寂寞。在寂寞无助的定林寺，刘勰默默地向着他的人生目标迈近。

经过近十年苦读，刘勰吸取了大量的知识营养。他不愿做一辈子书虫，他要做专题研究，他要把自己学到的知识和自己的见解释放出来，奉献给社会和人类。刘勰一生很敬佩孔子，也很信服儒家文化。起初，他准备注释儒家经典，"敷赞圣旨"。然而，刘勰很快发现，这是前人做过的工作。东汉马融、郑玄诸儒，"弘之已精，就有深解，未足成家"。刘勰不肯再嚼他人已嚼过的馒头。他要做前人未曾做过的大业。

中华民族是一个具有悠久文学传统的民族。南北朝之前的文学艺术已经绽放出无数灿烂的光华。上古神话歌谣、先秦诸子散文、汉代诗赋，每个时期都有自己的文学代表成就。屈原、司马迁、"三曹"……一座座文学高峰矗立其间。然而，作为指导文学创作实践的文艺理论或曰文学批评的发展还比较缓慢。文学尽管繁荣，但还没有真正进入"自觉"的时代。秦汉时期，文艺论述多只言片语。刘勰之前，论文者很多。曹丕、曹植、应扬、陆机等都有论著，但都存在"各照隅隙，鲜观衢路"的缺点；刘桢、陆云等人也各有文论，但"并未能振叶以寻根，观澜而索源"。大多数都是单篇论文，内容单一。这和文学的发展是多么不相称啊！

试想一下，在中华大地能否出现一个人，他遍览文史及诸子百科，他对文学有自己独到的见解，他撰写一部综合性大型文学批评专著，这本专著是前无古人的，它必须观点相对正确，内容丰富博大，既涵盖作品思想内容艺术形式，又包括作家与作品的关系，等等，从而填补中国文学批评史上的一大空白呢？时代发出了迫切的呼唤。人们欣喜地看到，这一呼唤得到了应有的和声。刘勰——这位梁代学者顺时而来。他义无反顾地承担起这一历史重任。

那年，刘勰刚好进入而立之年。一天早上，刘勰抱来竹简，取来文房四宝，开始了开垦文学理论处女地的躬耕。创作自然是艰难的，道路肯定是曲折的。这本文学批评专著整整耗费了他五年的心血。五年，一千八百多个日日夜夜，刘勰过着真正的苦行僧生活，多少次，为了书稿他彻夜难眠；多少次，他写了擦，擦了又写……

功夫不负有心人，刘勰以艰苦卓绝的努力，终于在南齐末年写成了"体大思精""笼罩群言"，凡五十篇的划时代杰作。

《文心雕龙》写出来了，但刘勰并未大功告成，既然它是指导人们创作的理论，写成后决不能束之高阁，而是需要得到社会的认可。"人贱物也鄙"，这部著作脱稿之后，却没有得到时人的承认。刘勰虽然自重其文，但他深知"音实难知，知实难逢"。为了这部书能够走向社会，他想起了文坛高官沈约，并违心地做了一件极不乐意做、又必做不可的事。他想请沈约把这部书推荐出去，但沈约地位高、架子大，难以见他。刘勰便背上书稿，假装卖书郎，在沈约的大门外等他。一天，沈约入朝议事，刘勰趁机拦车，并把书稿呈上。沈约起初并未把这部书放在眼里，等读过几段，便赞不绝口："妙！妙哉！好！深得文理！"于是《文心雕龙》便流传开来。于是，也就有了"江山代有才人出，各领风骚数百年"的文学繁荣局面；也就有了一代文豪郭沫若题写的文心亭，以及后人在文心亭里的感叹。

无从猜测，假若没有刘勰，没有他的敬业精神，没有他的《文心雕龙》，我们的古代文学史和当代文学史是否需要重写？在离开文心亭的时候，向内心发问：在商海怒潮汹涌、社会充满诱惑的今天，文坛是不是需要一点刘勰精神？

天下银杏第一树的向度

　　莒县浮来山有三座山峰，它们是浮来峰、飞来峰和佛来峰。
三峰对峙，呈虎踞之姿，在周围比较有名。其实，此山并不高，
海拔也就三百多米，无泰山之雄、华山之险，也无黄山之奇、庐
山之秀。然而，它清雅灵秀，人文色彩浓厚，故而吸引了很多游
人。到浮来山游览可以看到众多自然景观和历史文化遗迹。建于
南北朝时的定林寺、刘勰故居校经楼、"一拳微缩岱恒嵩"的怪
石峪、占地三十多亩的莒子墓、曾引起佛道两教相争的朝阳观
等，这些景点都值得一看。在这里，有一样东西或者说有一个生
命，一看便让人蓦然惊心。一看到它，甚至一想起它，内心便如
大海波涛一般起伏不已。它就是生长在定林寺院内的那棵大树。

　　那是一棵银杏树，人们也叫它公孙树或白果树。它是自然界
的一个奇迹，是生命的一个奇迹，也是文化的一个奇迹。

　　站在这棵树下，首先惊奇的是它的高大和伟岸。早在前来拜
见它之前，便听说它高 26.3 米，周长 15.7 米。民间有"七搂八
扎一媳妇"之说。据传一人为了丈量树的粗度，双臂伸开搂抱
它，搂了七下，用手扎了八下，还没转回起点，那剩下的一段正
好是站在那儿的他媳妇的宽度。眼前见到它的英姿，才深信人们
并没有丝毫夸张，人们称它"天下银杏第一树"也实在不过分。
那天正是盛夏，阳光直晒，格外炎热。虽着短装，依然头昏脑
涨，大汗淋漓，一走到树荫之下，立时感到凉爽袭人，精神为之
一振，等过十多分钟，身上的汗珠逃得无影无踪。银杏树把"十

亩荫森夏生寒"的佳话活生生演绎了一遍。

这是一棵树，但它不仅仅是一棵树。它是历史的见证人，又是一座不老的青山。据《左传》记载：鲁隐公八年，公与莒子曾在此树下会盟修好。正是由于鲁隐公与莒子在树下促膝长谈，才使鲁国与莒国结为秦晋之好，两国免于交战。由此看来，它是棵和平树，是和平的参与者，也是友好的象征。南北朝时，著名文学批评大师刘勰曾在定林寺整理佛教经典。银杏树冠丰叶茂，宛若山丘，常为刘勰遮风挡雨、保暖送爽，还馈赠大量果实。刘勰无限感激，为了表达对银杏树的敬意，他在附近的一块大石头上奋笔疾书"象山树"。这三个大字太恰当了，准确地再现了这棵古树如山之雍容、如山之雄伟、如山之长存。可见，自南北朝之时，甚至可以上溯到春秋时期，银杏树已实现了对自身的超越，由自然的树升华为社会的树。

面对这棵大树，最惊叹的是它的年龄和生命力。据史书记载，银杏树龄已在三千年以上。在这漫长的历史中，春秋代序，朝代更迭，潮起潮落。银杏树可谓历尽沧桑。狂风曾试图刮倒它，雷电也曾想击倒它，干旱也曾要窒息它，地震也曾摇撼它。然而，它始终没有倒下，而是像巨人一样，双脚踏在坚实的大地上，睹千年风云，阅人间风流。在西北沙漠，有一种树木叫胡杨。胡杨生命力极强，千年不死，死后千年不倒，倒了千年不朽。很显然，银杏远远地走在了胡杨的前头。

银杏树下，树影婆娑，不禁让人追思：千年银杏，生命力如此旺盛，奥秘究竟何在？为什么年复一年开花结果，千年不衰？为什么枯死的枝杆不久就又长出新芽？根大叶繁，吸天地之灵气日月之精华是吗？不断吐故纳新扬弃自我是吗？

新加坡前总理李光耀先生曾说："世界是一个大森林，林中有许多大树、小树和攀缘植物。大树是俄国、中国、西欧、美国和日本。"如果这个比喻成立的话，翻过来看，银杏树就是象征中国的那棵大树。在联想的跑道上展开迅跑，自然想到了莒文化和齐鲁文化。最终，想到的是一个长久困扰人们的课题，也就是中国传统文化与现代文化问题，换言之，中国传统文化的生命向度问题，从千年不老的银杏树身上可以看到中国文化的未来和生命力。

盛夏的浮来山，到处充满生机，当黄昏降临，飞鸟归来，绕树三匝，眼前出现朦胧的意象。古老的银杏树似张开双臂起舞，一个鲜活的灵魂在眼前闪现。与此同时，耳边响起一句歌词："好大一棵树／绿色的祝福／你的胸怀在蓝天／深情藏沃土。"

鲁壁前的缅怀与沉思

山东曲阜是块"圣地"，又是一块文化遗迹众多的宝地。有人曾不无夸张地说，曲阜的一砖一石、一草一木几乎都有历史、有典故、有文化。踏上这块遍布文化堆积的厚土，穿行在儒雅之林，孔子故宅中的鲁壁引起我的默想和沉思。

对于视精神财富为珍宝的人来讲，下面这幅古代生活图画将是一面令人默默致敬的旗——

公元前213年的某一天。曲阜，孔子的八世孙孔鲋吃过早饭正在抑扬顿挫地捧读《论语》，他的朋友魏国人陈馀前来求见。陈馀见孔鲋正在读书，便对他说："你也太不注意观察时事了，眼下朝廷正在下令'焚书坑儒'，你却在这里读书，我真替你担心啊。"孔鲋问："你担心什么呀？"除馀回答说："秦朝将要毁灭掉前代君王的所有书籍，而你是书籍的拥有人，而且还在这里读书，这难道不是很危险吗？"孔鲋听了之后则说："我所治的是一些看来无用的学问，真正了解我、懂我的只有我的朋友。秦朝廷并不是我的朋友，我会遇到什么危险啊？我将把书籍收藏好，等待着他们来搜查好了，即便查出来了，明白了我的治学无用，我也就不会有什么灾难了。"

于是，孔鲋等陈馀告辞后，开始了他的坚壁清野行动，他把部分祖传书籍藏在房屋的夹壁之中，放在了他认为最安全最放心的地方。随后不久，他便隐居嵩山去讲学了。

在历史的长河中，孔鲋藏书的细节不过是朵小小的浪花。然而，对于文明史的演变，这小小的举动却有着不同凡响的意义。作为读书人和文化人，尤其是我们的前辈，绝大多数不会不熟悉《论语》《尚书》等国学经典。事实上，它们是古代人们读书求学的启蒙课本。这些书籍在某些人眼里是"无用"和"反动"的学问，但它们却不知喂养哺育过多少炎黄子孙。可以毫不夸张地说，正是《论语》引发了丰富博大的儒家文化，以至流传至今。这一切当然离不开书籍的创造者、教育家、儒学家派的创始人孔丘和他的弟子。但也更离不开他的八世孙孔鲋。离不开他在两千年前的那个小小举动。正是这一举动，才使后来鲁恭王扩建宫室拆孔子故宅时有了惊奇的发现，使被秦始皇几乎抄尽烧绝的古书——《春秋》《论语》《孝经》《尚书》等书籍得以重见天日。

这些绝不是无用之书，而是一笔宝贵的财富。鲁壁藏书，也绝不似孔鲋说得那样轻巧简单，这里面既包含着人生的抉择，又体现着价值的判断。假若孔鲋不是一个文人学者，而是一个爱好地产家产的人，那么我们何以再面见这些"国学"精粹？假若孔鲋是个贪生怕死之人，一听到朝廷的命令便将家藏书籍如数交出或焚之一炬，那么我们何以知晓"子在川上曰：逝者如斯夫"的箴言？假若孔鲋的朋友除馀不事先将秦皇焚书之事告诉孔鲋，使他得以将书"坚壁清野"，我们又如何了解"春秋大义"？或者，假若陈馀是个伪君子，为了捞取功名出卖孔鲋，我们又何以参透"仁"与"礼"以及"义"与"利"的关系？

其实，值得人们担心的还不只这些，真正令人担心的是陈馀所担心之事。如果孔鲋藏书一事被当权者发现查处，那将是怎样一种情形？据《资治通鉴》记载，当初李斯向秦始皇建议焚书时曾说："天下凡有私藏《诗》《书》、诸子百家的人，一律按期将所藏交到郡守、郡尉处，一并焚毁；有敢于相对私语谈论《诗》《书》的，处死；借古诽今的，诛杀九族；官吏发现这种事情而不报的，与以上同罪；此令颁布三十天后仍不将私藏书籍烧毁的，判处黥刑，并罚处修筑长城劳役的城旦刑。"由此可以想见，假若鲁壁藏书在当朝被人发现，孔鲋、陈馀以及孔氏家族将受到何种待遇。毫无疑问，中国历史上将增加一幕残杀传递文明火炬圣手的巨大悲剧。

面对鲁壁，不能不放纵思想的白驹。想得更多的是，秦王朝为何焚书。书，究竟何罪之有？一言以蔽之，怕也，怕这些"异端邪说"毁掉秦王朝也。同是儒家思想，同是孔孟之道，也同是封建帝王朝廷，为什么秦王朝如此怕它，而汉朝却"独尊儒术"呢？秦王朝为巩固江山而焚书，汉王朝为稳固江山而大力宣扬儒学。结果，秦王朝短命不过二世，而汉朝江山却延缓几百年。何故？疏与堵、抛弃与扬弃之不同也。这让人想起禹鲧治水。言论、思想、学说，犹如水，堵则决，疏则通。又如火，顺风而起，借助火势，可成大业；否则，可能引火烧身。正如秦，不是秦坑儒，秦焚书，而是最终"儒坑秦，书焚秦。"

据传，孔鲋藏书后近百年，西汉景帝刘启将他的儿子刘馀从淮南迁到曲阜，封为鲁王。鲁王好治宫室，在扩建王宫拆除孔子故宅时，忽然听到天上似有金石丝竹之声，有六律五音之美，结果从墙壁里发现了《尚书》《礼》《论语》《孝经》等为孔鲋所藏之书。而今，透过鲁壁，穿越时空，依稀看到一部白发苍苍的书籍老人在历史的深巷里向前走动。到了秦朝巷道，他突然隐居；进入汉唐的大街，他大放异彩……只是，荣辱功过，转瞬即逝。不曾消失的是那深沉悠远的声音，那是大哲之言，人间至美。

石门山之恋

每次打开《桃花扇》这部书，都感到是在打开一道山门。书中有山影闪现，山上有鸟儿啼转。当然，所谓书中有山，其实就是《桃花扇》的作者孔尚任曾两次隐居的石门山站在书的背景深处。

石门山原名龙门山，两山峰对峙如大石门，故名石门山。它北望泰山，东眺蒙山。与齐鲁大地上的岱、蒙两座大山相比，石门山确实算不了什么。然而，站在远处，眺望它状如石门天堑的独特造型；矗立山巅，远望泗水如玉带般蜿蜒曲折的壮丽景致，你就会发现，石门山是一座独一无二的山。它有一种说不清道不明的魅力。三百多年前的孔尚任，大概就是在五十里外的家乡向此长久凝望，终于耐不住它的吸引欣然前来的吧。

孔尚任是圣人孔子的第六十四代后裔。这位圣人之后，曾与石门山结下不解之缘。那是他刚入而立之年的事了。那天正好是重阳节，是登山郊游的好日子。早上，孔尚任早早地起了床，胡乱吃了几口饭，就约上族弟孔尚恪、孔尚悼徒步向石门山进发。他们和刚刚升起的太阳一起赶路。太阳越升越高，大山越走越近；他们的喘息越来越粗，内心越来越亢奋。山上枫林如醉，丹柿悬金。水雪涧、潘龙洞……二十四景，景景让人留恋。这真是个好地方，比山下的衍圣公府不知要好多少倍，要是能长久住在这里、生活在这里就好了。孔尚任心发感叹。日过中天，他们在山上野餐。孔尚任提议，回去后收集钱财把这座山买下来，用来隐居。他们三个人还洒酒立誓。这一举动，实际上是孔尚任在茫茫人海里、大千世界中找到了自己的人生依托。

很遗憾，回家不久，尚恪患病早亡，尚悼也不再提买山之事，只有孔尚任不改初衷。是年，孔尚任舍弃家业，独自一人投奔大山而来。他自力更生，在胜涵峰北面叠石盖屋，并取名"孤云草堂"。在这里，他潜心读书，读经史、读百家。"铺地云容如海市，遮天峰势似边墙。溪回岭转无穷态，直到门前见夕阳。"他与石门山耳磨厮染，产生了深深的感情。在此期间，他渐渐感到了山的伟大，也察觉到自己的渺小。

也许是上苍有意安排对进山不久的孔尚任进行一次考验。公元 1682 年，也就是孔尚任在山上住了四年的时候，衍圣公孔毓圻敦促他出山，主修《孔子世家谱》和《阙里志》。年轻的孔尚任最终没能经住世俗的诱惑，离开了他所心爱的石门山。两年后，皇帝康熙到曲阜祭祀孔子。孔尚任被推荐为引驾官，并为皇帝讲经。他十分尽力，得到了皇帝的赏识，破格授为国子监博士。孔尚任大喜，与其胞弟"两个黄鹂鸣翠柳，一行白鹭上青天"，丢却石门山，到京中做官去了。

孔尚任的仕途生涯并不得意。皇帝也没有像石门山一样信赖他。第二年，他就被派差淮阳疏浚黄河海口。尽管之后略有升迁。但他目睹了官场的黑暗，已无心做官。这时，他才又想起了石门山。"未卜何年，重抚松柏，石门有灵，其绝我耶？其昭我耶？"然而，在官不由己。身在朝廷，思念只能埋在心中。总不能整天无所事事，在官场了其一生。孔尚任选择了另一条道路：戏剧创作，并最终创作出艺术杰作《桃花扇》。

孔尚任写作《桃花扇》极为认真。书案上常放一把画有桃花的扇子，每当揣摩剧中人物时，他总是抖开扇子，一边扇一边思索，以至有时屋外大雪纷飞，室内的他仍摇扇苦思。值得一提的是，《桃花扇》讴歌的是抗清扶明之事，这在大清盛时是怎样的勇气和可贵。是什么使孔尚任如此大胆呢？答案只有一个，那就是石门山。是石门山对他的养育，是石门山给他的勇气和力量。

《桃花扇》上演后，岁无虚日，轰动了京师，也震惊了皇帝。自然，也决定了孔尚任的命运。1701 年，也就是离别石门山十五年后，孔尚任被罢官免职。这位官场弃儿跌跌撞撞地回到了石门山。石门山原谅了他的过错，大开山门迎接了这位戏剧大师。六年之后，正月十二夜里，孔家人出来上灯，有人看见天上有流星划过，直落石门山。也就在那天，孔尚任告别人间。

后人把孔尚任葬在了山上，再后来有人把他的墓移到孔林。但孔尚任并没有从山上走开，他已化作一座不老的青山，如同《桃花扇》已成为中国戏剧史上的一座高峰。毫无疑问，我们眼前的石门山深处跳动着那位戏剧大师的灵魂。

一代商人孟雒川

金秋十月，到十三朝古都西安采风考察。西行的列车上，与朋友闲聊，谈起了陈忠实先生以陕西平原为背景的《白鹿原》，在一道赞叹该书写得大气、写得深刻的同时，济南知道管理咨询有限公司总经理解鹏先生对我说："其实，在我们周围，有一个村子很值得一写。这个村子对社会历史和社会生活的反映，甚至比白鹿原还要典型。"我问："是哪个村子？"解鹏先生告诉我："章丘刁镇的旧军村。""旧军，我以前从没听说过呢？它有什么独特的地方吗？"随后，解鹏先生打开了他的话匣子，向我介绍了旧军的一些情况，让我和旧军从此扯上了联系。

解鹏先生告诉我，旧军让人称道的地方主要有两点：一是历史上这儿非常富庶，其繁华程度相当于现今的华西村。早在唐宋时期，旧军的经济就比较发达，赵家运粮河贯穿村中，水陆交通便利。清朝晚期，旧军的繁荣达到顶峰，村中有很多大户人家资产丰厚，家业巨大。全国闻名的瑞蚨祥创始人孟雒川就是旧军人，而且是亚圣孟子的后代。二是他们有自己的独立武装。当地富豪挣了钱之后，不仅购置田产，还购置武器，发展自卫力量。该村虽然不大，但建有自己的城墙，而且城墙非常坚固。现在，村子里还保留着清朝末年的城墙遗址。当时，他们的自卫方式不仅得到朝廷的认可，还多次打退不法之徒的入侵，实力非同一般。

这的确是一个非同一般的村子，某种意义上甚至可以说有些

了不起。听着解鹏先生的介绍，我暗自赞叹。此前，我对瑞蚨祥
有所了解，对其主人孟雒川也略知一二，但不知有个旧军，更不
知孟雒川就是旧军人，也不知他竟是亚圣孟子的后代。论说，旧
军隶属章丘，而章丘隶属济南，作为一个喜欢旅游和读书的济南
人，应该对旧军耳熟能详才是正解。然而，身边有这么一个了不
起村子，自己却闻所未闻，不能不为自己的孤陋寡闻感到汗颜和
羞愧。

解鹏先生一席话深深地打动了我。西安归来，我便注意从网
上搜索关于旧军和孟雒川的有关资料，并认真观看了以章丘籍作
家毕四海先生为编剧创作的以孟雒川为主人公的32集电视连续
剧《东方商人》，从而对旧军有了一些初步的了解。通过百度搜
索，我知道了一些关于旧军的历史事实。

旧军历史悠久。汉武帝时称猇城。东汉时改城为县，属济南
郡；南北朝时为高唐县。隋开皇年间又改高唐县为章丘县。到宋
朝景德年间，"移县北置清平军，后废清平军置军使"（《章丘县
志》）。从此称旧清平军镇，简称旧军镇。

据《汉书》记载："猇节侯启，赵敬肃王子。征和元年封，
十三年薨。"《济南府志》云："章丘县西北有县城即其地。"《汉
书·地理志》云："济南郡属县十四，十二曰猇。注曰：'侯国莽
曰利成。'"

《中国古今地名大辞典》载："猇县，汉侯国。后汉省，故城
在今山东章丘县北。"猇城故址在今旧军村西。《章丘县志》载：
"宋景德三年（1006）移县北置清平军（在县治北十五里旧军
镇），以县属焉。熙宁二年（1069），废清平军，即县治置军使。"
故称旧清平军，后沿革成旧军镇。

现今的旧军村位于刁镇政府驻地西侧，分为旧东、旧西、旧
北、旧南四个行政村，人口6000，其中1/3为孟姓，是孟氏家族
的大本营。

在那些日子里，我在心灵的谷歌地图上、在山东济南以东点上了一个深深的红点，并于梦中开始悄悄向它靠近。

因为，旧军虽然只是一个村子，但它已远远不止是一个村子。它实际上已经成为中国村镇发展史上的一个极富传奇色彩和典型意义的代表，从中折射出一个村镇、一个企业和一个家族的百年兴衰更替，并由此可以窥见近代中国社会极端艰难、极端悲壮之缩影。

正可谓，兵荒马乱岁月里成就"瑞蚨祥"，可以见证民族资本的兴起与辉煌。百年兴替中发展变迁的旧军村，可以见证忍辱负重的民族曾经拥有的苦难与苍凉。

有多少苦涩，总在心中埋；
有多少梦想，总在脑海涌；
起起落落做大事，
让我们从头再来——

然而，旧军之于我，仿佛有许多阻隔。西安归来后，尽管我多次排定日程，但因为公务繁忙，加之一段时间内身体不适，使我长久没能如愿。直到是月最后一天，才得以和《祖国》杂志社林忠站长和记者姜丽丽一起，踏上赶往旧军的路途。

那天中午十二点，经过一番波折，我们终于来到旧军村。站在这片特殊的土地，透过孟氏古楼已经朽烂的门窗，我得以窥见旧军早年的容颜，谛听那个时代属于我们这个民族的心音和搏动。

一

在中国古代，一个独特的人物往往代表着一个建筑、一座山峰，甚至一座丰碑。

一如一个孔子，便是一所伟大的高等学府；一个华佗，便是一座伟大的医院；一个孙子，便是一支伟大的军队。

基于这一原因，我是从孟雒川开始研究旧军村的。因为，在我眼里，一个孟雒川，不仅意味着一个著名品牌和一个伟大的村落，而且还代表着那个时代全部的市场和全部的商业。

中华民族是勤劳智慧的民族。几千年来，我们民族在各行各业都涌现出诸多伟大的人物。有伟大的思想家、伟大的政治家、伟大的革命家、伟大的文学家、伟大的诗人、伟大的画家书法家，甚至还有很多伟大的科学家等。几乎各行各业被人交口称赞，甚至比肩世界伟大人物的名字，都可以排成一个长长的队伍。

这是我们民族的自豪和骄傲！

这是我们民族的荣光和翘楚！

能不能出现这么一个人，他出身社会底层，但对经商具有无限的热爱；他经商既注重经济利益，又看重社会效应；他既能把经营活动搞得风生水起，又能在社会上具有一定的政治地位；他既能立足当前搞好经营活动，又能着眼未来创建一流品牌；他身在波涛汹涌的商海，但又具备无比健全的文化人格，从而成为真正意义上的伟大商人呢？

百年之前，中国历史上终于出现了这样一个人。这个人，便是被后人称之为"清朝第一商人"的山东章丘旧军村村民孟雒川。

之于中国商业和中国社会，孟雒川顺时而来，以他独特的智慧，回应了那个时代的呼唤。

孟雒川的出现，以非同寻常的方式打破了中国没有现代意义上的商人、没有伟大商人的局面。

二

这个出生于旧军、生长于旧军、发达于旧军、最后在旧军入土的孟雒川不是一般人的后代，他的先人是山东邹城人孟子，他本人系孟子的第六十八代孙。据《孟子世家流寓章丘支普》记载，孟子五十五代孙子位、子伦兄弟二人于"明洪武二年（1369）三月二十六日，自河北枣强迁居此地定居"。

根据电视剧《东方商人》的剧情，孟雒川的父亲孟传义因为不守家规、不刻苦读书，被祖父逐出家门，流落到章丘旧军。在此从帮工做起，慢慢开绸缎庄。孟雒川也像他父亲一样，对苦读诗书、考取功名兴趣淡漠。不过，他自幼聪慧过人，虽然对读书毫无兴致，但精于数学，年纪轻轻时，对盖房用多少材料、多少天完工算得一清二楚，说起来头头是道，滚瓜烂熟，让人如听天书。后来，他在母亲的支持下，子承父业，创办了瑞蚨祥绸缎庄。

作为商人，有自己的店铺，有相对独立的经营内容和经营方式，每年都有一定的盈余，而且把生意做得还有一定影响。这是一般商人都能做到的事情。

孟雒川不是一般的商人。他的可贵之处在于，首先他在开展经营活动的同时，创造了中国历史上最为著名的商业品牌——"瑞蚨祥"。

"瑞蚨祥"虽然只有三个字，但字字值千金，是一笔巨大的无形资产。每个字里都包含着孟雒川的心血、汗水和智慧。

孟雒川的可贵之处，其次在于他在清朝时期就创造了中国历史上最早的全国性连锁店，甚至可以说是商业托拉斯。

当初，孟雒川从他父亲孟传义那里接手绸缎庄的时候，仅仅是旧军村里的店铺，虽然也有了堂号，但基本上属于只经营土布的小本生意。后来，他的生意越做越大，像滚雪球一般。

据史料记载，清康熙年间至民国末年，孟家共开设大小店铺103家。其中绸布店50家，茶叶店20家，杂货、铁货、纸行各2家，药店1家，钱庄、银号7家，当铺3家，购货庄5处，织布厂6家，染坊4家，茶厂1家。其下属商号南到广州，北至哈尔滨，东通日本。北京、天津、济南是销售中心，上海是金融汇集的购货枢纽。沟通中国、日本，跨连鲁、冀、辽、黑、苏、鄂、浙、闽、粤，经营于济南、北京、天津、沈阳、哈尔滨、保定、郑州、周村、青岛、烟台、武汉、上海、苏州、福州、广州，形成了巨大商贸体系。

"从岱岳山麓到渤海之滨，处处有孟氏庄田！"——这是孟雒川并非夸张的一句豪言。

"山西康百万，山东袁子兰，两个财神爷，抵不上旧军一个孟雒川。"——这是当时广为流传的一句谚语。

袁子兰是当时的钱业泰斗，有名的大富豪，去世后纪晓岚和张英汉两位名流都曾为其撰写墓志铭。

康百万家族，富甲豫、鲁、陕三省，船行洛、黄、运、沂、泾、渭六河，良田双千顷，财富无以计数。

两个人加在一起还赶不上孟雒川，可见孟雒川的实力和影响。

孟雒川的可贵之处，还在于他从一个社会底层商人华丽转身为一代社会名流。孟雒川虽为一介商人，但在政界有很高的地位和威望。他早年就结识了山东巡抚袁世凯，并拜把为兄弟，又先后与大总统徐士昌、曹锟等结为亲家。袁世凯的母亲去世时，专门聘请孟雒川做治丧总管。现今旧军村的青石牌坊上仍然有"乐善好施"四个大字，据传是慈禧太后专为褒奖孟雒川赈灾的口谕。

三

那么，孟雒川究竟是依靠什么，从一个普通的个体户成为一代传奇商人的呢？他成功的奥秘究竟在哪里？

翻阅相关史书和管理学经典教材，答案众多，也都很有道理。但在我看来，最重要、最关键、最根本的是他在重要关头非同一般的决策和选择。

这一切，来自他精明的头脑，来自他从业的经验，也来自他睿智的判断。

孟雒川从事经营的一生中，多次面临重大选择，但有三次选择最为经典。这些选择，无论社会发展到什么时代，都可以作为商家选择的经典案例。

孟雒川的第一次重要选择，是他从业之初。当时，他从父亲手里接过了掌柜的钥匙。那年，他十八岁，刚刚成人，便担负起当"老板"的重任。现今的十八岁青年人刚刚开始上大学吧！

对于一个企业，特别是一个家族式企业来说，他们首要问题或者说最为担心的问题，便是他们的企业会不会一夜之间破产。

孟雒川从父亲手里接过绸缎庄的时候，他们这个家族式企业已经到了表面看起来很红火，其实已经面临巨大危机的时候。

此前，孟雒川的父亲恪守只经营机织土布、不把摊子搞得过大的信条，不仅经营范围非常狭窄，而且也形不成一定规模。当时，大批洋货，特别是依靠机器批量生产的洋布进入中国内地市场，由于其物美价廉，对孟家的经营造成严重冲击。

如果再墨守成规，不及时转型，那么孟家的经营只有死路一条。

假如真的如此，那么，中国大地就会失去一个响当当的金字号招牌，中国也就不会产生一个伟大而杰出的商人。

孟雒川毕竟不是等闲之辈，十八岁的他早就洞悉了这一切。面对即将到来的经营危机，他果断作出决策，及时调整船头。

为此，他打出一套组合拳：

第一，他拓展经营范围，不仅局限于经营土布，还经营洋布。既然洋货质优价廉，为何要将其拒之门外？

第二，他抢占全国市场，不仅把生意做到济南，而且做到青岛、天津，甚至北京，成为国内第一连锁店。

第三，他扩展经营对象，不仅和国人做生意，而且和洋人打交道、谈买卖。

如此一来，孟家的生意不仅走出了死胡同，而且焕发了勃勃生机。一时，瑞蚨祥前，门庭若市；旧军村里，春意盎然。

孟雒川的第二次重要选择，涉及商品质量。这个问题，看似简单，实际上事关生死。

有一次，由于手下人进货时把关不严，致使瑞蚨祥进来一大批劣质绸缎。事情被发现后，怎么处置这批商品成为一个重要问题。

有人建议退货。孟雒川说，产品质量不合格，对方有责任，但主要责任是我们管理不严，这货不能退。

也有人建议，这批布料虽然质量差一些，但也可以用，不如减价处理掉。孟雒川依然摇头。

最后，他做出一个惊人的决定：把这批劣质产品全部烧掉。

手下人不忍心点火，孟雒川亲自点。

火光冲天，烧掉了金钱，但烧出了瑞蚨祥的信誉。

这与百年之后青岛海尔老总张瑞敏当初砸冰箱有异曲同工之妙。

用一般眼光来看，人们对此多有不解。但他们就是这样的商人——视质量如生命！

当今社会，三鹿奶粉、地沟油大行其道，老鼠肉都能当羊肉卖，人们的食品安全已经到了难以保障的地步。那些不法商人，面对孟雒川当初的选择，是否该好好拷问一下自己：良心何在？人性何在？天理何在？

孟雒川的第三次重要选择，是八国联军入侵北京之后。英法联军的罪恶之手烧毁了圆明园，也顺便烧掉了孟雒川在北京的瑞蚨祥绸缎庄。

看到被强盗烧毁的绸缎庄，孟雒川的眼里噙满泪水。

强盗点燃的大火，不仅烧掉了所有财物和房屋，同时烧掉了所有来往账目。

账本都被烧掉了，该怎么办？孟雒川面临着一个重要选择。

如果这事情发生在别人身上，恐怕考虑更多的是自身的损失，至少可以借口"非自然现象或不可抗拒力"，把欠别人的账赖掉。现时代，欠钱的是大爷，赖账的人岂不多如牛毛乎？

然而，孟雒川没有这样做。因为他深深懂得，经商，做老板，为人必须要厚道。用书面语言来表达，就是"大丈夫处其厚，不居其薄"，"处其实，不居其华"。基于这一认识，他做出了两条非常罕见的重要决定。概括来说，是两句话：一是认账不赖账，二是免除所有人的欠账。

第一，我欠了谁的钱，我绝不赖账，只要你有存单，有证明人，我都承认，都可以到我这里来兑现。

第二，反过来，谁欠了我的钱，本来应当还我的钱，因为我的账本烧掉了，没有凭据了，就此一笔勾销，不用还了。

天下居然有这等好人，有这等好事？把事情做到这种程度，即便是再苛刻的人也不由得对孟雏川产生些许敬意了！

孟雏川这一政策看似是失去了，其实他是得到了，而且是得"道"了。

他的这一决定一经公布，立即在社会上引起巨大轰动效应。那些借钱给瑞蚨祥的人被感动了，向瑞蚨祥借钱的人更是被感动了，甚至整个社会也被感动了！

兵荒马乱的年代，度日如年的岁月，天下竟然还有这样的商人，如果不是亲眼所见，谁又敢轻易相信呢！

孟雏川这一非同凡响的举动，使瑞蚨祥的名声大振，信誉大增。生意不仅没有因为列强的入侵而进入低谷，反而日益扩大，财源大开。

这样的老板，谁不肯和他合作做生意呢？这样的绸缎庄，谁还怀疑它的商品质量呢？

由此，孟雏川将他的瑞蚨祥引上了一条良性发展的康庄大道。

四

如果孟雏川仅仅是一个善谋会断的人，那么他或许只是一个比较有头脑、善抓机会的商人，最终成不了伟大的商人。因为，一个伟大的商人不仅要深刻洞悉面临的市场形势，做出及时正确的判断，同时，还必须有先进的经营思想、健全的人格操守和伟大的职业情怀。

令人庆幸的是，这些孟雏川都具有，甚至一点也不差。

表面看起来孟雏川是在做生意，其实他是在做人，做一个大写的人。

他看起来是一个商人，其实他骨子里却是一个文化人，是先祖亚圣孟子思想的另类传人。

在很多研究孟雒川的人看来，孟雒川和他的父亲当初放弃工读诗书，专事经商，是对其先祖孟子思想的一种背叛。这种认识显得非常粗浅和简单，是属于对历史、对孔孟思想、对孟雒川父子的一种误读。

从思想传承上来说，孟子是孔子思想的传人，而孔子思想深处，并不是真正要求弟子非苦读诗书不可。当年，孔老夫子在杏坛讲学，都开办了些什么课程呢？概括来讲，就是"六艺"：一曰五礼，二曰六乐，三曰五射，四曰五驭，五曰六书，六曰九数。这其中的"九数"，就是现代意义上的算术。从这个意义上讲，孟雒川不喜读诗书，而是精于算术、乐于经商，不仅不是对其先祖的背叛，而是从另一个角度承继了先祖的思想，是对圣人和亚圣思想的另一种发扬和光大。

后人总结孟雒川的经营之道，用高度精练的语言概括为十四个字，即"以德为本，以义为先，以义致利"。这十四个大字无处不深深打着儒家文化的烙印，流淌着孔孟之道的血液，传承着中华文化的宝贵基因。

不错，孟雒川是个商人，但他又是一个性情中人，从性格色彩学上来分析，他是一个对别人拥有一颗巨大同情心的人。

毫无疑问，作为当时全国最著名的丝绸品牌，瑞蚨祥的货要好，而货要好就必须货源好。因此，他们常年选择苏州等地的丝绸为主要货源。一次他们发现苏州原本信誉不错的一家厂家的丝绸质量产生了问题，从而拒绝继续收购。孟雒川的决定顿时让厂家的主人急了，如此一来工厂很可能倒闭，他们恳求瑞蚨祥将货收下。孟乐川权衡再三，果断买进这批不合质量的丝绸，然后放火烧掉。孟雒川赔本了，但苏州的这家工厂却由此得救了。这一切，如果没有仁义之心，如果没有同情之心，而是一心钻到钱眼里，根本无可想象。

清光绪年间某个夏天，正当孟雒川在济南府醉心经营的时候，他的家乡章丘一带遭受了水灾。黄河决口，汹涌的河水顷刻间淹没上万亩良田，数万人流离失所，无家可归。

面对滔滔黄患，政府本应该站出来担当，然而慈禧太后只顾得在颐和园消夏了，清政府又哪里管得了百姓的死活，孟雒川坐不住了。这个以仁义著称的商人出手了！

史书记载：孟雒川出巨款堵口修堰，第二年河水再涨却无隐患。孟雒川究竟为修黄河大堤出了多少钱，无从记载，但想必不是个小数，而第二年河水再涨却无隐患，也说明这绝不是一个面子工程和豆腐渣工程。

当时，社会上流传这样一个说法：瑞蚨祥的学徒找媳妇，女家不用相看，因为已经有人给把关了。

这是瑞蚨祥的品牌效应，也是孟雒川的人格魅力。

"仁义"是一个长久的诺言，传奇的故事要用一生讲完。在孟雒川的传奇人生中，他的身上始终闪烁儒家文化"仁、义、礼、智、信"的光辉。这些可贵的品质，犹如暗夜里的星辉，照耀他前行的路途。

从孟雒川的从商经历，我们可以得出一个这样的基本结论：一个商人必须把社会担当放在重要位置，把自己的商业活动和百姓的生死紧密地联系在一起，在经营活动中培养自己健全伟大的人格，通过经营实践传承民族血液里固有的传统精神。

这是成就伟大商人的必有路途和不二法门。除此别无他途。

第三辑

千年之爱

狮子座流星雨的美丽

那天上午日丽风和，东海之滨波澜不惊，女娲一个人在海边玩耍。她从金灿灿的沙子之下掏出红褐色的泥土，捏了一堆小人儿。那些小人儿有男有女，一个个活灵活现、栩栩如生。当她继续挖土，想捏更多小人儿的时候，不料挖出了一个宝石蓝一般的瓶子。

女娲把瓶子擦拭干净，拿在手里仔细端详，没想到那瓶子却发出了慈祥老太太般的声音："我就是传说中的魔法宝瓶，我可以满足你三个愿望，可以让你创造金钱，也可以让你变得更加漂亮，总之什么愿望都成，不过只有三次。"

女娲欣喜若狂："真的吗？不过，我最希望这些小人儿能拥有生命，而且等他们长大后，可以结婚，生儿育女，繁衍后代。"这时候，魔法宝瓶说："好，成全你第一个愿望，让这些小泥人拥有生命。"话音刚落，那一个个小人儿真的动了起来，像真人一样，女娲喜出望外。

魔法宝瓶说："你可以用第二个心愿创造金钱。"女娲说："金钱是什么？金钱是人生所必需的东西吗？我认为不是。我不想创造金钱。至于第二个愿望，等我想好了再说吧。"女娲开始和小人儿们做起了游戏。

当天傍晚，女娲带着她的小人儿再次来到海边，他们坐在一起，数天上的星星。之前，女娲曾听哥哥伏羲说过，狮子座流星雨很漂亮，可是，她从没见过。此时此刻，她拿出了魔法宝瓶：

"亲爱的魔法宝瓶，我想看狮子座流星雨。"很快，美丽的流星雨便出现在天际。女娲和她的小人儿欢呼雀跃。

回家的路上，女娲格外开心。她认为，能和自己创造的小人儿一起看流星雨，是世间最美好的事情。想到这些，她禁不住轻轻地哼唱：

> 黑黑的天空低垂
> 亮亮的繁星相随
> 虫儿飞虫儿飞
> 你在思念谁

也许是那天在海边待的时间太久了，回到家里，女娲就感冒了。第二天，她躺了一整天也没有起床。哥哥伏羲发现了魔法宝瓶的秘密，他趁女娲熟睡偷偷拿了魔法宝瓶，带着那些小人儿来到海边。

趁小人儿在一边玩耍，伏羲对魔法宝瓶说："亲爱的魔法宝瓶，妹妹赋予我请求一个愿望的机会，请给我昨天妹妹愿望十倍的愿望。"他刚说完，就看见地上突然冒出比原来多得多的小人。惊喜未定之际，忽听得天空一片炸响，回头一看，我的天啊，这是怎么了？

只见天空大量陨石带着火焰飞速而来，猛烈扑向大地，扑向大海。一时，大地震颤，海浪滔天，天地为之倾斜。伏羲吓坏了，拿起宝瓶就往家跑，那些小人儿一个个惊恐万状，紧紧跟在他的后面，仓皇逃命。伏羲刚跑到家门口，就被一块陨石砸倒在地，再也没有起来。

这时候，女娲从睡梦中惊醒，她不知道发生了什么，等她冲出门外，看到的是四极倒塌、天崩地裂的可怕景象。她赶紧拿过魔法宝瓶："魔法宝瓶，我想让大地恢复原来的模样。"魔法宝瓶说："你的第三个愿望已经被你哥哥使用，世界才变成了这个模样。你已经不能再用魔法宝瓶了。"

女娲说："那怎么办？我不想让我创造的小人儿毁于一旦。恳请你一定帮我！"魔法宝瓶说："事到如今，只有一个办法。你钻进宝瓶，和宝瓶一起化身七彩宝石，去弥补苍天出现的黑洞，只有这样，世界才会恢复原来的模样。可是，这意味着你要付出生命。你愿意吗？"

女娲说："我愿意！"魔法宝瓶突然变大，女娲钻了进去。转眼之间，魔法宝瓶变成了一块巨大的宝石，像一朵七彩云霞飘向天空，飘向那个有巨大黑洞的地方。

很快，天地恢复了原来的模样，世界变得一片安详。那些惊恐未定的小人儿不知道究竟发生了什么。

世界上最美丽的狮子

有一个古老的传说，精美的石头会唱歌。

是夜，秋凉如水。美丽姑娘柳河东天明就要出嫁了，西厢房里，她在和母亲作深情告别。看到即将离开的女儿，母亲下意识地轻声叹息。

"母亲，你有什么担心吗？"河东瞪大双眼问。"说实话，母亲是有些不放心啊。"母亲慢慢地说，"你们是御赐金婚，他们陈家是大户人家，平时说话办事很注重礼节，也很有绅士风度。你在咱家娇生惯养，整天习武弄棒的，而且脾气又大，发起火来吼声如雷。万一到了婆家控制不住性子该怎么是好？"

"母亲，这个你不用担心，女儿已经长大了。到了婆家做事自然会有分寸，你尽管放心好了。女儿只是担心，我未来的丈夫陈季常生活在富贵安逸之家，周围难免有些纨绔子弟，万一他贪图享乐，不知道勤于学习，想法考取功名报效国家，该如何是好？"河东不无忧虑地说。

"陈家属书香门第，论说不应该有这种状况发生，一旦夫君心有旁顾，作为妻子你一定要好言劝勉，千万不要为此大发雷霆，甚至大动干戈，以免伤了和气。"母亲抚着女儿的头说。"好的，母亲，您的话，我谨记在心。"

就这样，河东姑娘带着母亲的叮嘱踏上婚礼之路，第二天当上了陈季常的新娘。

新婚之夜，月弯如钩。洞房花烛既熄，陈季常意欲与河东亲密。这时候，河东柔声细语地说："稍等一会儿。我问你个问题。"陈季常不解。河东说："既然我们已成夫妻，那么请你把你最大的理想告诉我好吗？"这个问题，把陈季常搞得有些啼笑皆非，他沉吟片刻回答："最大理想就是认真读书，考取功名，报效国家，也让你过上幸福开心的好日子。"

河东听了满心欢喜，立即搂过丈夫的头，在他的脸上使劲亲了一下。陈季常一时心动神摇，正要动手，不料又被河东打住："还有，从现在开始，你只许爱我疼我一个人，要宠我，不能骗我，不能在外面有女人。否则——""否则将会怎样？""会怎样？让你吃不了兜着走。"陈季常说："没问题，你放心，我既然娶了你，你就是我的整个宇宙，从此只爱你疼你呵护你。"

蜜月新婚，陈季常如约践言，天天在家读书学习，对妻子疼爱有加。河东亦是对其鼎力相助，投桃报李，两人心合意美，好不快哉，从未发生任何隔间。

一个月后的一天早上，陈季常的老朋友苏东坡派书童前来，邀季常到茶馆小聚。季常告别妻子，前去赴约。行前，妻子河东说：别忘了早点回来，功课等你复习，我也在家等你。"季常说："放心，我很快就会回来。"

东坡见了季常，把他好一顿奚落，说其重色轻友，娶了娇妻忘了朋友。两人在茶馆坐下，点了好茶，喊来乐妓，边聊边乐，竟然忘记时辰，从早上一直玩到天黑依然没有离去的意思。河东见丈夫迟迟不归，便派丫鬟前来寻找。丫鬟好不容易找到他们，季常已有几分醉意，只说马上回去。可是，身子总是不动，最后一夜不归。

河东左等右等，直到第二天上午，依然不见季常的影子，于是让丫鬟领路，来到茶馆。茶馆是个四合院，雅间位于四周。河东立于院子中间，清了清嗓子，略带矜持地唱起了美丽的旋律：

风吹着彩云飘，你到哪里去了

想你的时候，抬头微笑

知道不知道——

歌声起处，原本吵闹不止的茶馆立即安静了下来，人们静静地聆听这从未听过的天籁之音，就连一向十分高傲的苏东坡也让乐妓打住，不让大家说话。

河东唱完，和丫鬟转身离开。只见丈夫季常风一样从茶馆出来，紧紧地跟在妻子后面。

几天之后，苏东坡故伎重演，再次差人邀请陈季常小聚，陈季常不好推辞，勉强赴约。中午过后，季常心中惦记妻子和功课，向苏东坡告辞。怎奈苏东坡说什么也不让走，直到黄昏到来，飞鸟远去，河东再次出现在茶馆里。这一次，河东的唱词有了改动，但声音更加纯美：

风吹着彩云飘，你到哪里去了

时光在飞逝，家国在等候

知道不知道

想你的时候，抬头微笑

知道不知道——

直到这时候，苏东坡才松开陈季常的手。

又过了一些日子，苏东坡再次邀请陈季常小聚，季常依然赴约，东坡依然不等河东出现唱完歌不让其回家。如此反复为之，周而复始。

一天清晨，苏东坡正要和往常一样出门，妻子王弗说："我听书童说，你去茶馆，主要是为了听一个叫柳河东的女子唱歌？"东坡听了，当即一怔："哪里的事啊！你说的是陈季常的老婆吧？她那哪是唱歌啊，难听死了，简直是河东狮吼啊！"

王弗笑了笑，幽幽地说："如果柳河东真是狮子，恐怕也是世界上最美丽的狮子吧？"

最值得一喝的毒药

喝下毒药只为守护爱的誓言与唯一。在轮回路上，我不愿喝下孟婆汤，在忘川河里经受千年煎熬，千年之后能重回人间，将你找寻……

那天，房玄龄退朝回家，对前来帮他脱外套的妻子说："今天皇上表扬我了。"

妻子问："表扬你什么？"

房玄龄说："皇上说我帮他治国有方，劳苦功高，应该加分。"

"只是口头表扬吗？"

"哪里，皇上从来不开空头支票。"

"那皇上奖励你什么？"妻子追问。

房玄龄欲言又止。

"升职？"

房玄龄摇头："我已官至宰相，还往哪里升啊？"

"金钱？"

房玄龄依然摇头。

"那是地产？"

房玄龄还是摇头。

妻子沉吟再三："女人？"

这次房玄龄没再摇头。

妻子知道，丈夫房玄龄日夜为国操劳，的确劳苦功高。可是，皇上的这次表扬，让她感到自己的考验和挑战真的来了。

"你答应了吗？"

"没有。"

"那皇上怎么说？"

"皇上说让我回家和你商量商量。"

"这有什么可商量的！难道你动心了吗？"

"当然没有。我有一个你就足够了。"

"嗯，你是我的好丈夫。我告诉你，你是我一个人的，谁也不能和我抢，也不能和我分享。即便是皇上发号施令，在我这里也统统无效。"

过了几天，房玄龄退朝回来，脸色阴沉。

妻子问："有什么事情发生吗？"

房玄龄吞吞吐吐地回答："皇上发火了。"

"皇上为何发火？"

"因为我。"

妻子不解。

房玄龄说："皇上说，圣旨既出，不可更改，除非你房玄龄不想干了。"

妻子生气了："这皇上，怎么这么不讲道理？他奖励你，为的是什么？不就是想让你过得家庭和美吗？这么一来，哪里是奖励啊，纯粹是想拆散原本恩爱和美的家庭！既然他如此不通情理，我看你干脆辞职回家得了。"

房玄龄瞪了妻子一眼："你以为朝廷是菜市场吗？想来就来，想走就走。"

这时候，他们的大女儿走了过来，轻轻拉起母亲的手："母亲，即便家里再来了其他女人，父亲心里也只有你一个人，你能不能再考虑考虑，给那人一席之地，免得皇上发更大的火。"

母亲对女儿说："女儿，其他问题可以让步，可这是原则问题。要我答应其他女人进这个家，除非太阳从西边出来。"

房玄龄听了，不再说话。

妻子说："你是有知识的人，我问你，这'安'字怎么写？不是一个'宝盖'，一个'女'字吗？这意味着什么？家里有一个女人才安定，有更多女人会安定吗？"

又过了几天，房玄龄退朝回来对妻子说："皇上要见你。"

"为什么？是不是逼我同意？"

"不知道呢，皇上只说让我领你过去，他要见见你。皇上之命不能违，你还是跟我去吧。"

就这样，房玄龄领着妻子来见皇上。

皇上开口便问："堂下何人？"

房妻回答："房玄龄糟糠之妻，奉旨前来。"

皇上又问："朕是何人？"

房妻回答："至高无上的皇上。"

皇上又问："皇上意味着什么？"

房妻回答："意味着一切。"

皇上再问："皇上的话意味着什么？"

房妻回答："一言九鼎。"

"既知如此，为何有违朕赐宰相女人的旨意？"皇上面色阴沉。

"贫女曾经说过，房玄龄若再娶他人，除非太阳从西边出来。如果皇上能让太阳从西边出来，我就答应他另娶别的女人。"房妻振振有词。

皇上听了，勃然大怒："一派胡言！现在，两条路摆在你面前，要么答应房玄龄娶妾，要么喝下这瓶毒药自尽。你自己选吧！"

　　只见房妻走上前来，一把抓过药壶，拔开壶塞，一饮而尽。

　　房玄龄和在场人等大惊失色，赶忙上前阻止，而皇上却哈哈大笑："真是一个烈女子也！朕从未见过！幸亏壶里装的是醋，不是毒药。"

　　可是，人们却发现，房妻颓然倒地，嘴角有鲜血溢出。

　　皇上不解，以为她在演戏。他哪里知道，那瓶醋，被嫉妒房玄龄的太监偷偷调了包，换成了真的毒药。

　　房玄龄扑向妻子。妻子向他粲然一笑："这是我最值得一喝的毒药！我死了，你再娶吧——"

真爱没有对不起

唐婉似乎注定要和诸多传统女性一样，如同云雾化作雨滴般从天空飘落，听从泥土的囚禁，受制于命运的安排。她不知道自己从何处来，要到何处去。她只知道，等待她的是壁垒森严的高墙和心灵的荒芜。

然而，她又是一个不甘心如斯生存的女人。在她的内心深处，有一个强烈的渴望。在情窦初开的时候，她就曾想，既然是花儿，就一定要开放；既然是鸟儿，就一定要歌唱。因为，世上没有能够阻止爱的渴望和内心生长的力量。

新婚燕尔之时，在家乡小道上，她曾趴在心爱的丈夫的耳边，轻轻地说出激动人心的三个字："我爱你。"然而，一阵狂风吹来，吹走了她的表白。那三个字变得杳无踪迹，她的眼里是一片茫然。

随着婆婆指桑骂槐行为的日益升级，她意识到，一场战争和灾难注定不可避免。但是，她不愿意卷入战争，她只想一家人和和睦睦地生活，和丈夫相亲相爱。她知道，只有尊重他人，才是尊重自己，也才能保住自己的爱。

于是，她怀揣忐忑不安的小鼓，非常谦卑地走向婆婆——这个黑暗王国至高无上的皇帝，试图做最后的努力："母亲，也许我们之间有些误会，咱们好好谈谈好吗？"

然而，笑脸迎来的却是一柄利剑："狐狸精，你没资格和我谈判！"

在陆游的心目中，长期以来始终有这样一个信念，那就是：母亲是世界上最美丽、最疼爱自己，也最善解人意的人。然而，自从妻子上门之后，一切都发生了改变。那个最慈善的女人变得是那样令人费解、不可思议。

直到昨天晚上，母亲向陆游下达了最后通牒："抓紧把那个女人赶走，否则，我就死在你面前！"

"母亲，婉儿是一个很好的人，你究竟讨厌她什么？她又有哪些地方冒犯了你的尊严？""我和你没什么好解释的。在你眼里她是公主，可是我看她不是什么好人。""她不过是一个有点思想有些文化而已，母亲，事情并不像你想的那样。""少废话，你究竟是选择她，还是选择我？"

"母亲，难道你不爱儿子，不希望儿子过得幸福吗？"无奈之下，陆游拿出了想了很久的撒手锏。母亲头都没抬，冷冷地说："正是因为爱你，我才这样做。""既然你爱我，为什么就不能爱我所爱呢？"母亲毫不迟疑地接过了陆游的武器："那你爱母亲吗？如果你爱母亲，为何不能恨母亲所恨呢？"

陆游无言以答。

月残如钩，寒光似水。陆游在院子里徘徊，他想起，那个春日的午后，他曾经指着南山对唐婉说："我要和你走上那条山路，那条山路上虽然有很多荆棘，但有一棵很大很大的相思树……"

当陆游推开房门的时候，唐婉已经收拾好了行李。陆游走来，轻轻地将唐婉搂在怀里："对不起，都怪我，不能保护你。如果你爱我，请你留下来，让咱们一起来承受和面对。"

这时候，唐婉不无戚然："真爱没有对不起，我离开你，请不要过于自责，责任不在你这里。既然无奈存在于我们的骨髓里，就让我承受应该承受的东西。我走之后，请忘记我所有的信息。"话毕，唐婉推门离开，消失在陆游的视野里。

唐婉走后，陆游烧掉了他所写的所有文字，从此绝笔，变成了一个沉默寡言的人。

多年之后，陆游老了，躺在床上，他做了一个梦。梦里，她见到了朝思暮想的唐婉，两人沈园相会，和词一首，词的名字叫《钗头凤》。

数年之后，陆母病逝，临终前拉着陆游的手说："唐婉的事，母亲错了，对不起你。"陆游失声痛哭："母亲，真爱没有对不起，要怪都怪我自己，我爱她的毅力居然不能战胜你驱赶她的固执和脾气！"

爱的春天不会有天黑

　　读书学习是人们的一种日常行为，但它又不是一般意义上的行为，它的所指是向真、向善和向美，能指最终是向上。因为读书，很多人变得可爱和高贵，而有的人，在学习之旅遇到并生发了传奇般的爱。我国历史上不乏喜欢读书的人，有头悬梁、锥刺股的传说，也有程门立雪和凿壁偷光的故事。在我看来，历史上最喜欢读书的，其实是一个女扮男装的人，她的名字叫祝英台。

　　对于祝英台来说，她为学而来，却因爱而不归。故事发生在东晋时代，浙江上虞县祝家庄美丽的玉水河边，祝员外的女儿祝英台美丽聪颖，从小跟随哥哥学习诗文，羡慕班昭、蔡文姬的才学，只恨家中没有名师，一心想往杭州访师求学，但祝员外不同意女儿外出求学。祝英台求学心切，于是装成算命先生，对祝员外说：“按卦而断，还是让女儿出门为好。”祝父见女儿乔扮男装，毫无破绽，于是勉强答应她外出“上大学”。

　　就这样，祝英台踏上了背井离乡的路途。可是，她的命运却自此拐了一个弯儿。英台像花木兰一样，女扮男装外出求学。途中，命运让她邂逅了同样赴杭求学的会稽学生梁山伯，两人一见如故，相交甚欢，在草桥亭上撮土为香，义结金兰。很快，两人来到杭州城的万松书院，拜师入学。从此，同窗共读，形影不离，同学三年，情深似海。英台深爱山伯，但山伯却始终不知她是女子，只把她当亲兄弟。

　　每天早上，当万松书院里的公鸡第一次打鸣的时候，梁山伯和祝英台便急匆匆地起床了。他们悄悄来到院外，在林间读书。英台读："关关雎鸠，在河之洲；窈窕淑女，君子好逑——"山伯便读："凯风南吹，吹彼棘心；棘心夭夭，母氏劬劳——"每当读完一首，他们都会相视而笑，然后继续琴瑟和鸣。每当这时候，师父和师母总是站在不远的地方露出赞许的微笑。

书院四面环水，景色宜人。梁山伯、祝英台和同学们一块儿玩耍，用石头砸水中嬉戏的鸳鸯。祝英台在扔石头的时候腰闪了一下，同学叫道："祝九弟像女人一样。"祝英台顿时满脸飞红。师娘心细，发现了英台的女儿身，就在梁山伯与祝英台的床中间立了块界牌。梁山伯生性憨厚，不知其意，同窗三载也没想到祝九弟是个女的。她对他，有些话不能说，有些迷不能破。英台只能把秘密和爱藏在心里。

课堂上，山伯瞪大眼睛听讲，却不料英台在一旁瞪大眼睛看他。那一刻，山伯心有所动，无意间碰到了那双清澈迷人的眼睛。英台像受惊的小鹿，而山伯的心也怦怦直跳。山伯暗想，我这师弟，长得如此美貌，心地又是如此善良，像我一样好学上进，如果是个女孩，该有多好！

时光如梭，三年之后，英台回家看母，山伯一路相送十八里。路上，英台借物抚意，做了许多比喻，暗示自己是个女孩，梁山伯忠厚纯朴，仍是不解其意。最后，祝英台说家中九妹尚未婚嫁，品貌与己酷似，愿替山伯做媒，想介绍给山伯当妻子，山伯很高兴地答应下来。他不懂，不懂眼前的美人是女孩，更不懂什么是爱。难为了他，也难为了她。

山伯如约前来议婚，遗憾为时已晚。英台现出女儿身，两人含泪。山伯当场吐血，归家后一病身亡。家人遵嘱将其埋在路边，碑刻梁、祝姓名，黑红两色，预示爱情死亡。英台被他人迎娶的路上，花轿刚刚到达梁山伯的坟茔，突起旋风挡路，祝英台下轿哭祭山伯，墓忽然裂开，英台扑入墓中，墓随即合上。从墓中飞出金黄、雪白两只蝴蝶，在天空中翩翩起舞。

　　自梁山伯与祝英台的爱情传奇发生之后，蝴蝶以及喜爱蝴蝶的人越来越多，他们时常翩飞于爱情丛林，聆听阳光的教诲。

美人扬剑，英雄放歌

　　爱，不一定是长相厮守，也许为爱英勇抉择的那一刻才是最伟大的。霸王别姬，一个流传两千多年的凄美爱情故事，一个勇士与绝代美人的爱情传奇，之所以为人纪念，在于挥剑别爱的付出。

　　月光如水，水凉袭人。
　　夜色之中，世界上规模最大的歌咏晚会正在这里举行。
　　数万人齐声悲咽：好似天问，又似楚歌。

　　歌者，从天而降，漫山遍野。
　　听者，囚于舞台中央。
　　那是全宇宙的中心，爱的悲剧将要发生的地方。

　　歌声凄怨，似水上一叶扁舟，充满乡思，充满哀愁。
　　她是唱给万千将士的，更是唱给两个人的。

　　那是一对猛男俊女。
　　男的叫项羽，一个盖世英雄；女的叫虞姬，一个倾国倾城的美女。
　　几十万人为他们而来，这场规模盛大的演出专为他们而设。
　　项羽被这歌声所感动，听着听着，他甚至有了想哭的冲动。

因为，从那歌声中，他听到了夺命的魂魄。

那一刻，虞姬心头一震，一种再熟悉不过的箫声从她耳边响过。

这箫声，吹乱了她的心。

要知道，自己正是这支曲子的作者，而吹这支曲子的人，恰恰是自己曾经的知音。

虞姬被箫声深深包围着，渐渐地，在委婉的箫声中，她恢复了平静。

她抬起头，仿佛听到远方天空大雁飞过的声音。

虞姬挽起项羽的胳臂：

"亲爱的，喝点酒吧，这美好的夜晚，这么美妙的箫声，怎么能少了美酒呢？"

项羽感到脚下的土地在慢慢晃动，如果没有虞姬的搀扶，很可能他会倒下。

这时候，连项羽也觉得有饮酒的必要了。

项羽取过酒杯，一饮而尽，一喝千里——

虞姬趁机拔剑起舞，白练飞扬，荡气回肠——

这时候，项羽纵情，放开了千古风流的第一歌喉——

多少辉煌远去了，多少歌声消逝了！

那扇生命的大门，为何打开又关上！

问苍天和爱姬，生命的罗盘丢失在哪里？

谁能救我，我能否拯救自己？

歌声弥漫四野，响遍箫波。

项羽唱毕，举头再喝。

虞姬清泉扬波，作今生最美的配合：

夜色来临歌声响起，
时光消逝了我在陪伴你，
子规啼血究竟为谁哭泣，
英雄失意浇灭谁的希冀。

她想，是时候了，必须做出今生最勇敢的一击。

猛然间，虞姬转身，悄然摸过了身边的那把利剑，她以百分百的果敢，抹向自己的粉颈，鲜血喷涌而出，桃花一般迸散。

世界上最美丽最重情义的人，在自己最爱的人身上停止了呼吸。

项羽暴惊，疯了一样抱起最心爱的人，虞姬的鲜血和她的爱，打湿了他的眼睛，军营里传来狮子的怒吼和哭声，惊天动地，也惊了汉兵。

觉醒的项羽终于明白虞姬的真实用意：

妾死都不怕，作为英雄的你还有什么顾虑！

军营升起一道道招魂的白幡，惨白耀眼。

远处多了一个新坟，那是美人虞姬的新家。

几天之后，坟头长出一些虞美人草儿，迎风招展。

从此，世界上诞生了一个不肯过江东的勇士，江湖上流传着一个虞美人为爱啼血的佳话。

那浴血的花朵，在时光的照耀下，永远是那么寂寞而高贵！

什么是真爱，什么是喜欢

美人褒姒已经很长时间不说也不笑了。她的脸上始终布满阴云，看不到云开雾散、雨过天晴的任何征兆。这让幽王既不知所措，又惴惴不安。

连续好多天，幽王始终在琢磨，自己究竟是说错了什么还是做错了什么，让她如此不开心。他想，难道是我宠幸了他人让她生了醋意？前思后想，幽王始终没有找到一个准确答案。

实在没办法了，幽王只好放下架子，端着笑脸来到褒姒跟前："亲爱的，不管是什么原因，让你生气，都是我的不对，都是我的过错。求求你，别生气了，原谅我好吗？"

褒姒冷冷地说："你没做错什么，我也没生气。""既然你没生气，为何愁眉不展？"幽王问，"难道你不能笑一笑吗？"

"笑一笑？我凭什么要笑呢？难道有什么值得高兴的事情吗？"是啊，有什么值得高兴的呢？幽王被问得几乎无话可答。最后，他还是想出了答案："大王我爱你，难道不值得高兴吗？"

"切，爱我？"褒姒还是冷若冰霜的样子，"爱我，表现在哪里？"幽王说："也许你看不出来，我是发自内心地爱你的。我一看见你就欢喜得不得了，一想起你心里就像吃了蜜糖一样。"

"口不一（呸）！"褒姒美人眼一转，"你那根本就不是爱。只是喜欢！""喜欢？喜欢不就是爱吗？"幽王一时不理解她的意思。

"喜欢当然和爱不一样。喜欢只是看见和想起对方时自己开心而已。而爱，完全不是这样。"褒姒终于肯和他交谈了，"爱是幸福着对方的幸福，快乐着对方的快乐。"

"宝贝，你说得有些深奥，能不能简单一些？"褒姒坐下来，对幽王说："其实，这也很简单。如果一个人看到一朵美丽的鲜花，高兴得手舞足蹈，过去摘下来，举在手上到处炫耀，这就是喜欢！"

"如果一个人，发现一朵美丽的花儿，便静静地走到她的跟前，悄悄地嗅她的花香，为她带来一束明媚的阳光，为她浇水灌溉。这才是真正的爱。"那一刻，幽王发现了褒姒的高贵和伟大，她简直就是一位哲人。他这样想。

幽王笑了："宝贝，我明白你的意思了。其实，对你来说，我就是真爱，是'真爱＋喜欢'。只是我不会表达罢了，让你感觉不到我的爱。我真的是'幸福着你的幸福，快乐着你的快乐'。"

"真的吗？只要我开心，你也感到开心？只要我幸福，你也感到幸福？"褒姒追问。幽王回答得很干脆："那当然，毫无疑问。"

这时候，褒姒站了起来，她指了指远方，那一座座青山之上的烽火台："大王，你能不能让人把烽火台都点着，我想看看。"

幽王一愣："什么？你要我点烽火台？这怎么可能呢？又没有战事。如果平白点燃，那不是开天大的玩笑吗？"

褒姒的脸再次冷了下来。可是，幽王依然没有答应："宝贝，咱们能不能不点烽火，玩点其他开心的事情？譬如，咱们可以玩老虎吃人的游戏，也可以让你讨厌的人从烽火台上往下跳？"

褒姒依然冷若冰霜："如果真爱，就应该拿出实际行动，证明给我看。"这下，幽王实在没招了。他只能拍拍胸脯说："好，只要你开心，只要你高兴，干什么都行。别说是点燃烽火台，即便是你喜欢星星，我也要到天上给你摘下来。"

于是，幽王下令。顿时，四面青山狼烟四起。很快，援兵赶来。褒姒终于露出千古难觅的笑脸，笑得那样灿烂。

从此，烽火戏诸侯，便成为幽王和褒姒的必修课。每天一次，每次必开怀大笑。久而久之，连褒姒也感到不再好玩。

那年冬天，寒风刺骨，百万敌军突然杀来，幽王匆忙之中令人点燃烽火台。这次，褒姒再也没有笑出声来。因为，狼烟四起，只见敌军，不见一个援兵。

幽王被敌人刺中倒地的时候，褒姒知道了自己的罪过。她把幽王抱在怀里，哭着说："大王，我爱你——"

此时，幽王微笑着说："宝贝，你这不是爱，只是喜欢——"

有多少真爱可以重来

西施。

是个绝世美女，比最美还要美。这谁都知道。

西施曾经被范蠡献给吴王，吴王灭亡后，西施拒绝范蠡同去天涯海角的诺言，一个人泛舟远方。这谁都知道。

西施在吴国的时候，曾经身不由己地爱上了吴王。这几乎没人猜想，也没人真正知道。

这份爱，藏在西施心中，只有她一个人知道。

小河，杏林，白雾。

轻舟载不动西施浓浓的离愁。

有风吹过，长发飘飘。西施带着她的心事踏上去东吴的旅程。

此去他乡，西施肩负着艰巨的任务。她必须用自己的美丽感动吴王，改变吴王，让他从此躺在自己编织的温柔乡里，不爱江山，只爱她。

她，只是一个娇柔的弱女子，不应该承受如此的重量！

当西施得知自己最爱的人——范蠡做出这个决定的时候，她感到冷彻骨髓，像到了南极一样。

她怎么也想不通，男人为什么会把自己最心爱的人献给虎狼。

她曾让他看着自己的眼睛回答："难道，难道江山，难道复国，难道恩仇，比爱还要重要？"

此时，范蠡无语，不敢抬头。最后，他找到了唯一的借口："亲爱的，不仅是这些，更因为，此去东吴，是为了救我。"

仅仅一句话，就把西施说服了。

她答应了他。为了保住最爱的人的生命，她愿意牺牲自己的一切，即使是赴汤蹈火。

她想，为了爱，这点委屈，这点痛苦，这点牺牲，又算得了什么？

西施浅浅一笑，抬眼望向前路。她踏上了征程，大义凛然，义无反顾。

吴王果然喜欢上了她。这是勾践、范蠡和西施共同的设想和愿望。

当西施身披轻纱出现在吴王面前时，吴王发现了一个新的世界。自那以后，他的整个世界都为之改变了。

他，一个身边有无数美女的大王彻底被西施征服了。那一刻，事实上，他从内心里真的爱上了西施，只是西施根本不去想，也不知道。

几乎所有人都以为，吴王仅仅是个好色之徒，他看中的只是西施的容貌。他根本不懂爱。

最初的时候，西施的言行，只是一种角色、一种演技、一种承诺。

为了她的爱，她不得不这样做。而且，要尽量做得自然，做得完美，做得周到，不留痕迹，不露声色。

当西施听说，当年吴王的暴戾、吴王的变态，吴王曾经杀人如麻，曾经让勾践做奴隶吃污物，一种使命感在她的心中升腾。

于是，她更加努力，也更加敬业。由此，吴王也更加惬意，更加忘却自己作为大王的使命和责任。

一切在那个夜晚发生了实质性改变。没有迹象,没有缘由,似乎也没有多少理由。

那时,晋吴战事爆发,吴王从醉酒中归来。

那天,他喝得太多了,醉得一塌糊涂。

半夜里,吴王说起了梦话:"宝贝,我不愿打仗,我不要江山,我只想和你好好在一起。"

梦话惊醒了西施,她惊呆了。

那一刻,西施爱上了他。

以前,吴王曾经经常问西施:"你爱吗?"

西施总是乖乖地、充满柔情地回答:"大王,我爱!"

自那以后,吴王再问,西施反而笑而不答。

转眼十年,乾坤流转。

吴国护城河边蒿草四蔽,越国漫山盛开火红的杜鹃。

勾践和范蠡带领兵马趁机杀了过来。

月黑风高,吴国军队兵败如同山倒。

直到这时,吴王才恍然大悟,害了自己的人,就在身边。

人去楼空的吴宫里,吴王高高举起了手中的宝剑。

寒光四射,激起一片冰凌。

西施安然面对,安详地闭上眼睛。

吴王的手在空中颤抖。突然,他手臂一抖,宝剑直刺自己的心窝。

鲜血喷涌而出,吴王倒地。

西施猛扑过来,她抱起吴王:"你怎么这么傻?"

吴王断断续续地回答:"因为,我爱——!"

当西施再次见到范蠡的时候,范蠡英姿勃发,神采飞扬,一副春风得意的模样。

范蠡拉起西施的手:"亲爱的,一切都结束了,让我兑现和你一起浪迹天涯的诺言吧。"

这时候，西施轻轻地推开了他。

众目睽睽下，西施走到河边，一个人，驾起了那叶扁舟。

船儿载着西施越走越远，范蠡不敢追随她的脚步。

船到下游，西施放开她美丽的歌喉。歌声如烟似雾，随风飘荡：

曾想和你浪迹天涯

如今只想面朝大海

潮起潮落春暖花开

多少真爱可以重来——

三万棵松树的箴言

那年，秋风一起，树叶就黄了。

秋风萧瑟的夜晚，苏轼爱妻王弗的咳声越来越厉害了。

伺候在床前的妹妹说："姐姐，还是捎封信，让姐夫快回来吧？"

王弗支起身子，十分吃力地回答："我没事，不用告诉他。他平时很忙，难得疯狂一把，就让他好好玩吧！"

此时的苏轼，正和他的朋友在远方打猎。左牵黄，右擎苍。锦帽貂裘，千骑卷平冈——是何等意气，何等风光！

然而，苏轼哪里知道，自己的爱妻已经病入膏肓。

等他归来，倒在病床上的妻子，首先询问的是这一行是否顺利、是否开心。

那一刻，苏轼深深地感动了，也深深地懊悔了。他懊悔自己没有早点回来，让妻子病成了这等模样。

怀抱气喘吁吁的王弗，大男人苏轼的眼睛渐渐湿润了。与妻子一起走过的日子，历历闪现眼前。

花好月圆佳人笑，烛影摇红向夜阑。

苏轼是在新婚之夜才第一次见到王弗。然而，仅掀开盖头的第一眼，他就深深地爱上了她。

后来，苏轼说，我们好像有一种早已熟悉的感觉，仿佛缘分早已写在三生石上。

婚后，天生浪漫的苏轼和聪颖贤惠的妻子度过一段虽然平淡，但也充满激情的岁月。

当春日来临，于燕双飞，他和妻子一起去放风筝；

夏天的时候，荷香醉人，他和妻子一起临池赏荷；

当秋天来临，他曾牵着妻子的手，到山冈上捡拾松果；

冬天的时候，他曾和妻子坐在院子里，数天上的星星。

那年秋天，妻子捡松果累得额头上渗出了晶莹剔透的汗，苏轼问她：累吗？妻子说：不累。如果这座山上都种上松树就好了。

苏轼笑了：你放心，不出十年，这里一定会松涛阵阵，成为真正的乐园。

那一刻，苏轼有些伤感。他突然想起了时光的短暂："如果时光能为我们停留，让我们天长地久，那该有多好！"

妻子王弗笑了："和你在一起，一天胜过十年！"

一切仿佛就在昨天，谁曾料想，几乎一夜之间，他们竟然要生死离别。带着对丈夫的牵挂和爱恋，王弗去了。

自此以后，原本性格开朗的苏轼像变了一个人，他开始了一项别人不可理解的事业：

每天清晨，启明星刚刚闪亮，苏轼就起床了，他扛起铁镐和铁锨，带上树苗，向山头进发。

他，完全失去了一位诗人的矜持和风采，埋头苦干。饿了，就胡乱吃几口饭。累了，就坐在妻子墓前和她说话。

直到日落西山，直到腰都直不起来。

就这样，他栽了十年松树，整整栽了三万棵。

有人说，苏轼病了，苏轼着魔了，苏轼太不可思议了。是的，对他的行为，也许只有九泉有知的妻子能够真正理解他。

"十年生死两茫茫。不思量，自难忘。千里孤坟，无处话凄凉。纵使相逢应不识，尘满面，鬓如霜。

夜来幽梦忽还乡。小轩窗，正梳妆。相顾无言，惟有泪千行，料得年年断肠处，明月夜，短松冈。"

爱是一个长久的诺言，平淡的故事要用一生讲完。

那三万棵松树和这流传千古的诗歌，便是苏轼写在大地上的关于爱的箴言。

美好爱情是什么声音

　　这是一个类似外星来客"小王子"般的童话故事，我尝试着借用通话的方式向大家讲述。

　　娇柔的月光透过窗棂洒在小狐狸凄美的身上。在这样一个孤寂的夜晚，小狐狸心里多了一份惆怅。

　　这时候，她仿佛听到有人敲门，动静不大，又格外真切。随后是一个很温和的声音："请问，我可以进来吗？"

　　"当然，请进！"小狐狸从床上爬了起来。

　　进来的是眉清目秀的小豹子，小狐狸以前从未见过他。可是，从小豹子的举动和眼神里，小狐狸分明感到他和别人不太一样。

　　"先生，是让我陪你唱歌呢？还是一起跳舞？"

　　"不，我既不想让你唱歌，也不想让你跳舞。你只要陪我说说话就好了。"小豹子的要求真的和别人不一样。

　　"说话？仅仅为了说话，你没必要花钱到这里来啊？"

　　"没关系，我就想让你陪我说说话。"

　　"那，先生，让我说什么呢？"

　　"随便吧，你想说什么就说什么。只要你说话，我就能听到家乡小河流水的声音。"

　　"先生，你孤独吗？"小狐狸似乎读懂了他的内心。

　　小豹子不再回答。月光之下，小狐狸看到他的眼角有些湿润。

"先生，我能麻烦你一件事儿吗？"小狐狸打破了沉默。

"当然可以。"

"你能去给我摘一支桃花吗？"

"桃花？"

"对啊，你看，我的扇子上就缺桃花了。"小狐狸起身拿过那把尚未绣完的扇子。

扇子在小豹子面前徐徐打开，小豹子顿时感到了一股奇异之美。

"好的。不过，现在是深秋时节，又是深夜，摘桃花，只能用一种特殊方式了。"

"什么特殊方式呢？"小狐狸不解。

小豹子并不回答。他左手拿过扇子，把右手中指含在嘴里。

中指离开嘴唇的时候，上面有了血滴。

他以手指作画笔。很快，一支鲜艳的桃花盛开在洁白的扇子上。

那一刻，小狐狸被深深地感动了，她情不自禁地拥在小豹子的怀里。

那一夜，他们彻夜未眠，手牵着手，说了整整一夜的话。

他们感到，好像自从有生命以来，就没有说过这么多话。

就连天上的星星也好像听到了他们的窃窃私语。

第二天早上，小豹子对小狐狸说："亲爱的，我要收养你。"

"你说什么？收养我？"被收养，是小狐狸长久的希望和等待。当他到来时，又一时不敢相信。"你要知道，你收养我，这意味着什么？"

那一刻，小狐狸的话语就像溪水流过："我们本来不属于同一类人，如果你要收养我，就意味着我们'建立联系'。从今以后，我就是你的人，而且只属于你。无论你走到哪里，我的心都始终和你在一起。"

"从此以后，我的生活将充满阳光，我的心灵将会波光荡漾。我能在众多的人中分辨出你的脚步声，别人的声音只能让我躲藏，而你的步履会让我把心扉打开。"

"你可以想象，桃林的旁边是一片杏林。阳春时节，杏林泛起一片金黄。那是你头发的色泽，金灿灿的。它会让我想起你，从此，除了爱你给我的那朵桃花，我会爱上风吹过杏林的声音——"

这时候，小豹子双手捧起小狐狸的脸，轻轻地吻了一下她的眉心。然后，转身离开。

再次回来时，小豹子带来很多钱。

"亲爱的，你哪里来这么多钱啊？"小狐狸深知，小豹子不过是一介书生，生活清贫。

"我从金钱豹大哥那里借的，以后还他。"

小豹子本来以为小狐狸会高兴，没想到她脸色一沉："亲爱的，你借了别人的钱，意味着并不是你和我建立了联系，而是你和别人建立了联系。这根本不是我想要的东西，你可明白？"

小豹子依然不解。小狐狸转身，翻箱倒柜拿出了自己的所有珍藏："亲爱的，快把钱还给人家。这些私藏，足够你和我'建立联系'。"

自那以后，小豹子和小狐狸过上了相亲相爱的幸福生活。但好景不长，没过多久，小豹子需要远走他乡。

行前，小豹子有些恋恋不舍，小狐狸亲自给他整理衣装："亲爱的，好男儿志在四方，去吧，我会等你回来！"

小豹子走后，小狐狸过上了一种全新的生活。她洗尽铅华，闭门谢客。从白昼到黑夜，一心想着远方的心上人。有时候，她会盯着扇子出神；有时候，她会听到风吹过杏林的声音——

这期间，小狐狸又获得了一个和别人"建立联系"的机会。一天，金钱豹找上门来，同时来了八抬大轿。他要娶小狐狸为妻。

机遇面前，有一个声音从小狐狸心中飘过：既然我已经和小豹子"建立联系"，生是他的人，死是他的鬼。

锣鼓响处，小狐狸一头撞了过来，鲜血喷涌，犹如桃花盛开。

全场顿时惊呆。鲜血过处，三千迎亲大军慢慢退下。

小狐狸重新加入等待者的行列。

无论春夏，无论秋冬；不管雨阴，不管天晴。属于小狐狸的只有一种状态和姿态：眺望和守望。

春去春来，花开花落。小狐狸的内心始终有风从杏林吹过。可是，却没有小豹子的一点音讯。

后来，因为思念，小狐狸病了。病情一日重于一日，终于气息难继。弥留之际，她挣扎着剪下一缕青丝，小心翼翼地将桃花扇和青丝包好。

守候在身边的人问她："你等了小豹子大半生，究竟得到了什么？"

小狐狸说："我得到了风从杏林吹过的声音。那是世界上最美的声音——"

这是千古流传的一个爱情故事。故事的主角，一个叫侯方域，一个叫李香君。

写在长城上的爱

几乎在第一眼看到她的时候，他就被她所深深吸引，并且爱上了她。以前，关于她的美，他只是听人们说起，在自己的脑海里想象过。眼前的她，究竟是怎样一种美啊！简直无法用语言来形容，尤其是她那双独一无二的眼睛，深邃如海、闪烁如灯。她那微微翘起的嘴唇，显示着女孩少有的倔强。

与他相反，第一次见到他，她对他几乎没有什么好感，除了弱不禁风的书生形象，她丝毫看不出自己所向往的那种男子汉的果敢和担当。他们之间的对话是从她的引领开始的。她问："你听说了吗？外敌将要入侵我们的国家了？"他说："我听说了一些，但是知道的不多。"她又问："你听说圣上号召有志青年去筑长城，保卫家园了吗？"他回答说："这个我知道。但是，这是一个很笨的办法。你想想啊，我们国家那么大，靠建围墙能保证安全吗？"

听了他看似很有道理的话，她的眉头微微皱起，她说："可是，目前而言，除了修建长城，你还有御敌千里之外的更好办法吗？你就知道死读书，高谈阔论而已。这绝对不是一个男子汉应有的作风啊——"短短几句话，把他说得面红耳赤、羞愧难当。他没法再面对她了，只能转身离开。

第二天一早，他又来找她了。他说："我有个事儿要告诉你。""什么事儿？"她问。他告诉她："我已经报名了，响应圣上的号召，去修长城。""是吗？"她很高兴的样子，"可是，你好像不到十八岁，不够年龄啊？"他说："我让父亲帮我改了年龄，这一次，我决心已定，一定要为保家卫国贡献一分力量。"她走了过来，给他一个轻轻的吻，在眉上。他有些恐慌。她却说："抓紧到我家提亲，我要嫁给你！"

他们的婚礼，是在五天之后举行的。新婚之夜，她拥在他的怀里说："你娶了我之后，一定不能欺负我，因为，我的泪腺特别多，一旦把我惹哭了，我会哭三天三夜。"他说："那当然，爱和疼你还不够呢，怎么会欺负你？"她还对他说："到了边关，一定要好好干，想着我，我会找机会去看你的。"他说："边关很远很远的，你就别去了，等我修完长城立马就回来，让你给我生个胖宝宝。"

他是带着她的牵挂上路的，这一去就是两年多。这年九月，秋风萧瑟，草木摇落，她背一块青砖、一双布鞋，一路风尘来到边关，来到长城。让她想不到的是，她心爱的人已经永远倒在了长城脚下。她更不知道，原本十分文弱的他，在近两年的时间里，创造了修筑长城的无数奇迹，成为边关人人皆知的英雄。他给她留下的唯一遗物，居然是临行前从她头上剪下的一缕头发。

当和他一同修筑长城的弟兄们得知她来看他的时候，都不约而同地来到她的跟前。那一刻，据说圣上也站在一边。她手拿那缕青丝，放眼远方，再也控制不住自己，泪水像海啸一般喷涌而发："我亲爱的人啊，都怪我啊，不该刺激你，让你来修长城啊——我知道，到今天，你刚满十八岁啊，可怜你那柔弱的身子，承载那么多重量啊——你走了，我们的边关仍在，可是，我的天啊，从此塌了啊——"

她就这样哭着，诉着，一直哭了三天三夜，直哭得天昏地暗、山崩地裂、日月无光。在她的哭声中，奇迹出现了，只见长城越来越高，顶天立地；越来越长，蜿蜒万里——与此同时，精疲力竭的她倒在地下，再也没有起来。后来，人们把她和他埋在了一起，埋在了长城脚下。

五千年后的一次语文考试上，据说有这样一个试题：万里长城为什么永不倒？答案之一是：有一个美女，把爱和生命写在了长城里！

第四辑

心灵咖啡

大地爱情多美好

于不经意间，你遇到了她，在不自觉中悄悄地爱上了她，并且爱得如痴如醉。这是你的一个秘密。

记得她曾说过，幸福是个秘密。为了能够拥有足够长久的幸福，你乐意把这个秘密藏在心里。

自从有了这个秘密，世界变了模样。你也像换了一个人一样，整个心灵变得春光荡漾。

你怀揣秘密走进月光明媚的花园，好像听见画眉鸟儿在纵情歌唱；你心存感激坐在星空之下，又好像听到牛郎织女在天河悄悄说话。你知道，除了相爱的人，没有人能听得懂他们的心音。

你祈祷天下有情人终成眷属，因为你对幸福怀有无限的向往和渴望。

她很快就发现了你的秘密。因为几乎与你同时，她也有了一个秘密。那些日子里，你们是那样惬意，你们共同拥有一个不可言说的秘密。

你们时常静静地坐在一起，谁也不说一句话，彼此感觉对方的心跳和呼吸。

在一个春日，你收到了她近在咫尺的信件，你屏住呼吸读她它：

只想善待爱情，善待你，就像那首歌唱的那样："我怕来不及，我要抱着你……直到感觉到你是真的，直到不能呼吸，让我们形影不离……"

在你的心目中，她的名字是最漂亮的字眼儿，像暗夜里的灯塔，时刻闪耀你的心海。

你找到了时光练习册。有事没事的时候写她的名字，画她的名字，边写边画边在心里呼唤她的名字。

就这样潜意识地写个不停，画个不停，一年之后，练习纸都有了海拔高度。

睡眠成了你最大的问题。是什么摧垮了你的神经，使你变得难以入睡。

满眼都是她的形象。满脑子都是关于她的想象。你不能控制神经，也不能控制自己。

吃饭时，想着她；工作时，念着她；走路时，思着她。甚至做梦时，是她，是她，还是她。

她谜一般的笑容，使你以往所有故事和努力都失去了色彩。

为了她，你愿意放弃一切的一，一的一切。

在你爱上她之前，你怎么也想不到，充满现代气息的心上人居然是个喜欢朗读《诗经》的姑娘。

那天，你来到她的家园，院子的树上挂满红杏。轻轻地走过她的窗前，忽听一阵清爽明快的朗诵声从房间传来：

"凯风自南 / 吹彼棘心 / 棘心夭夭 / 母氏劬劳——"

这是发自内心的声音，抑扬顿挫，沉静醇美。美妙的诗句敲打着你的心灵，引导你进入漫无边际的遐想。你仿佛看到，遥远的年代，燕子携着春风飞来，碧绿的芳草迎风起舞，土地平旷，陌上青青，金黄色的油菜花香醉人，伟大的祖先们在田间躬耕，如怨如痴的歌声弥漫四野。

你在她的朗读声中陶醉，发现生活从未像现在一样醇美。

她是你娇小的恋人，可人，可心。你对她无限疼惜。可是，有时候，你又觉得，她像母亲。

在她的跟前，你体会到了一种母爱：慈祥、安然、豁达、圣洁。

"你是我的母亲。"你这样大胆地对她讲。

"如果你心中能感到安详，我不在乎担任什么角色。"

"妈妈。"你这样轻声唤她。

她把手指轻轻地插进你的头发："好孩子，我在这里呢。"

她病了，你最心爱的人病了。她的咳嗽声突起，揪了你的心。你非常着急，好像生病的不是她，而是自己。话筒里，你以慈父般严厉的语气，命令她赶紧去医院。

你急忙火速地来了，发现情况并没有想象的那样糟糕，才长长地舒了一口气。

她挂上了吊瓶，冰凉的盐水和药物慢慢滴进她的血管。你不知道怎样才能把你的爱输送到她的血液和心脏里。

你静静地坐在她的身边，众目睽睽之下，轻轻地拉起了她的手。她的手开始变暖，你们的话语越来越多。

你们就这样手牵着手，悄悄地说个没完，好像周围一切都不存在。

后来回想起来，总感到那是你一生中最幸福的时刻。如果不是怕她身体不适，你真的愿意那一刻永远定格，把你们定格在那段特殊的时光里。

在你的印象中，大概她是个最喜欢发短信息的人。通过手机电波，她时常向你下达行动命令，俨然一位重大战役的指挥官。你经常收到她满含娇嗔与爱怜的指令：

"记着，别忘了吃药！"

"以后再也不准喝酒了，你如果喝酒，我就喝毒药。"

"改了洗凉水澡的习惯吧，听我的，保准没有错。"

"……"

而你，仿佛变成了最温顺的小学生，对她的话总是言听计从。她也时常为自己能做人师感到沾沾自喜。

奇怪，你们没有任何诺言，甚至从未说过那令人惊心动魄的三个字：我爱你。

她很熟悉英文，但她也从未说过：I LOVE YOU。

在你们的词典里，不说，并不意味着不爱。相反，却证明爱得深沉。

你们就这样爱着，很真诚，很朴实。

那天，你吃着她专门为你做的饭。她很平静地问你："你怎么理解我们的爱？"

你想了想说："对我来说，爱得久了，爱就慢慢变成了一份难舍难分的亲情。"

"你呢？"你又问她。

她说："在我看来，爱是一种无处不在的牵挂。"

这是你们对爱的理解，也是爱的诺言。

正是因为有了这种理解和诺言，你们才爱得深沉而执着。

你到外地旅游，送别的站台上充满了离别。你们恋恋不舍，最后她说："走吧，我会给你打电话的。"

到达目的地的当晚，她的电话就打了过来，她的话是那样多，总也说不完。

她告诉你："记着啊，爬山时，别忘了穿面包服，带氧气罐。"

"到了雪地里可以和朋友打雪仗，但不要太疯狂。"

她还告诉你："我的爱，好好的，我等你回来。"

那一晚，你们聊了一夜，直到东方渐露曙光，她才想起说再见。

这时她才意识到，你们犯了个大错，考虑到你的休息，她后悔起来。

你真正领教了爱带给你的痛苦，在得不到她的音讯的时候。

事前没有任何征兆，突然有一天，她消失在你的视野里，甚至离开了你的思想所能触及的地方。

你真真成了一只热锅上的蚂蚁，血压升高，脑袋发炸。急于找到她，急于和她联系，你几乎动用了所有联系方式，试过了所有途径，但是没有她任何消息。

你甚至想到向公安求助，可是人们说还不到二十四小时。是的，仅仅大半天时间。可是，这大半天对你来说比一年还要漫长。

临近天黑的时候，你的心壁爬满令人爆炸的壁虎，你变得有些绝望。

等转过身来的一瞬间，她站在你身后的黄昏里。

她满是歉意地告诉你发生了什么，你紧紧地把她搂在怀里，轻轻地拍打她的肩膀："宝贝，只要你回来就好。"

顷刻之间，你的大脑烟消云散。她是你痛苦的源泉，也是你治病的良药。

冬之夜，明月如钩。

你们对坐在床上。

她第一次向你讲述她过去的故事，眼里噙满泪水。

你知道，她曾有过刻骨铭心的爱。

可是，他去了，带着他们的爱，为国捐躯。

你静静地听着，想起了那首诗：

青青芳草，迎风起舞；
弱小生命，最先离去。

你问她："亲爱的，你还想他吗？"

她轻轻地点点头："我爱他，永不悔。"她说，"你知道吗，那些日子，我像被人抽去了筋骨。"

你发自内心地感谢她告诉你过去的一切。由此，你更加爱她，也更加佩服她。

不悔，这句话说得真好。其实她也是替你说出了心里话。

你轻轻地吻干了她的泪水，真诚地告诉她："宝贝，我也永不悔。明年清明，我要陪你一起祭奠他。"

平安之夜，你们相拥在咖啡厅绿色的摇椅里。你轻吻她的唇，告诉她："宝贝，你是美酒，喝一口，我就醉。"

她粉拳击向你的肩膀：傻瓜，让你给我耍贫嘴！

你突然静下来，半晌不再说一句话。她奇怪：怎么了？被我打傻了吗？

你吞吞吐吐地说：宝贝，嫁给我好吗？

这次，却轮到她不再说话。你耐不住问她：你不乐意吗？

把你的右手给我。她拉起你的右手，在掌心写下八个字：

执子之手，与子偕老。

阳光喧嚣，鸽子飞翔。你和她一起走进了教堂。

没有证婚人，没有仪式，甚至没有结婚戒指，你们只是站在唱诗的人们身后，把双手紧紧地握在一起，然后是寓意深刻的对视。

这是一次最简单，也最庄严的婚礼。你将长久把它印在心里。

走出教堂，你一脸凝重。她却笑你被婚姻吓着了。

其实，她不知道，你感到了肩上沉甸甸的责任。

在这之前，你曾熟知张晓凤和斯好关于"爱上一个人"的经典说法。面对你深爱的人，自己必须做得更好。

你告诫自己，自此以后，你要成为她真正的男人，真正的太阳。你要用坚韧的毅力，拉着爱情之舟走出青春的迷茫；用有力的大手，解开她生命的纽扣；用心血和汗水，给她支起一片幸福的天地。无论世上发生什么变故，你都要牵着她的手，走过冬天，走过四季。

心灵咖啡喝几杯

偶然的兴致，和青春对撞了一下腰，走进了一个名为咖啡小屋的网络聊天室。当时，网名来自一首优美的英文歌曲，叫 Good Time（好时光）。结果，自那以后，许多好时光都浪费在了那里。

我不走了。

这里，有无垠的处女地。

我在这里躺下，

伸开疲惫的双腿。

——摘自 BBS 贴昌耀诗句

聊天室里的咖啡是免费的。一进大门，便有网友主动前来献上一杯浓浓的香甜咖啡。在这里你可以享受到现实生活中难得的甜蜜和温情。当时想，聊天室真是个好地方，简直是现代人的一个精神栖息地。别的不说，在聊天室聊天至少要比和同事朋友邻居张家长李家短不知好多少倍。当在 BBS 热点话题里贴下"Chat为什么如此火爆"后，应者云集。尽管答案各不相同，且妙语连珠，但总的来看网友大都赞同这样一个观点：聊天室——现代人的另一个家。

聊天室里的智商和情商之高令人惊讶。一次，想恶作剧一番，于是化名"小偷儿"偷偷摸摸地钻进聊天室。甫一坐定，便有机警的网友提醒大家：请看好自己的钱包，"小偷儿"来了。

于是，赶紧红着脸对大家说：请放心，我不偷钱。话音未落，"温柔一刀"严肃地问：你以为心就那么好偷吗？而"笑熬浆糊"却从天边引来一道闪电，"把'小偷儿'化为一堆灰烬。"与此同时，"林小茹"打出了醒目的标题："偷钱的卑鄙，偷情的可耻，偷心的伟大。"正准备向她致谢，"女性便衣警察"大模大样地走了进来了。只见她大声发令："快跟我走。自己一脸委屈：我又没偷东西，抓我干吗？"她换了一副笑脸："哪里是抓你，是抓你的心。你这个呆瓜，还不快跟我到小厅里去？"乖乖，没想到这女性便衣警察还是个情种呢！

> 风的手指，
> 迎着她的手指，
> 透来一个热切的
> 快速的爱意。
>
> ——摘自 BBS 贴庞德诗句

可是，没过多久坏天气就来了。在那里时间长了，就容易窥见聊天室里孔雀开屏般的丑陋和浅薄。网络聊天纵然热闹，但是话题十分贫瘠。聊不了几句，陌生网友就会穷追不舍地问一些没必要回答的问题。譬如到底是 Boy 还是 Girl，从事什么工作，家住哪里，今年多大了，真实姓名是什么等。遇到这些问题总是借故回避，或者反问一句这很重要吗。记得第一次用"白天的星星"进入咖啡小屋时，一个名叫"猛男"的网友上前搭话：真是乾坤倒转，白天哪来星星？赶忙解释：白天的星星就像网友一样，虽然看不见，但是确实存在，它远在天边，近在心间。没料到这番解释招来"猛男"一顿讥讽：穷酸，瞎摆啥，还不滚一边喝茶去。有一次，正和一网友私聊，一行不堪入目的文字突然出现在公共话语大厅里，一个叫"希有为美"的问"柳叶"：你愿和我谈恋爱吗？顿时，感到一阵阵恶心。还好，那个叫"蓝色盾牌"的侠客赶来打抱不平，用自定义动作把"希有为美"打得满地找牙。网管也及时出现，把他踢出聊天室，并且封锁了他的 IP 地址。

我看到一幅风景画
那里乱石累累土地荒芜。
在夏天本是处处
绿荫和果实。

——摘自 BBS 贴艾吕雅诗句

从此，决定金盆洗手，不再涉足聊天室了。但是没过一个星期，手就痒了。键盘上敲下了"心灵咖啡"的新网名。

在咖啡小屋，和美眉"温柔一刀"悄然进入网恋生活。谈话从世界名著《飘》开始，很快就一发不可收。从读书到交友，从音乐到生活，甚至谈到了人性和情爱。双方的谈话越来越投机。我喜欢足球。对方说："球场风云能让人体悟人生。"忙碌的生活时常让我感到烦躁。对方温柔地说："烦的时候你就这里来，我陪你喝咖啡听音乐。"中国人最缺少的不是金钱。对方温柔地说："爱心能拯救心灵。"你来聊天室是随便找人聊聊，还是为了寻找知己抑或婚姻。她幸福地回答："在认识你以前我是为了打发时光，认识你之后一切都变了。"

每次见面，她总是主动搭话："HI，亲爱的，好想你啊！"自己也总是以真心谢之："我一见你就有好心情，就像夏天吃着冰激凌。"每次离开，总是难分难舍。她一定含情脉脉地给我一个 Kiss。自己也总是给她一个深情的拥抱。情人节那天，在留言室里我向她献上九百九十九朵玫瑰。她却留下了"爱你一百年"的绝句。我们的爱情像夏禾般茁壮成长。我们越陷越深，到了一日不见如隔三秋的地步。

> 她一歌唱
> 歌声就消融了
> 好像甜蜜美唇上的
> 情人之吻
>
> ——摘自 BBS 贴莱蒙托夫诗句

终于有一天，这种的关系戛然而止。那天，风和日丽，正有一句没一句地谈论工作和生活。她突然问："你的积蓄多吗？"我不解地问："我不明白你的意思？"她微微笑着说："真的不明白？如果你没有足够的钱，以后怎么跟我在一起生活？"我顿感愕然："咱们不谈这无聊的话题好吗？"她显然被激怒了："什么？无聊？不错，是无聊，有聊谁还到聊天室来？"我目瞪口呆，真让她一语道破天机。原来，聊天室其实就是个无聊之地。

> 蓝花瓶落地
> 破裂的声音模拟不朽
>
> ——摘自 BBS 贴舒婷诗句

很显然，我和"温柔一刀"一刀两断了。临了对她说："886（拜拜了），真诚地祝福你。"自此以后，自己变得坚强起来，真的和它永别了，那个咖啡小屋。半年后，写下一首诗，题目是《在 chat 里》：

在 chat 里／咖啡香甜／心灵加水／有许多乐趣／也有许多无味。

在 chat 里／语言改变了最初的意义／就像潘多拉的盒子／诚

实的编织虚枉 / 假情的换来真意。

在 chat 里 / 人们总是寻寻觅觅 / 就像丢了东西 / 寻爱的难找知己 / 空虚地刺探他的秘密。

在 chat 里 / 时常有人形迹可疑 / 就像特殊的部落 / 自恋者意乱情迷 / 变态者像热锅上的蚂蚁。

在 chat 里 / 咖啡香甜 / 心灵加水 / 有许多乐趣 / 也有许多无味。

打满阳光的红玫瑰

当她来到我对面坐下的时候，列车还有五分钟就要启动了。一个成熟女性的声音正在播报本次列车停止检票的信息。

她的面色娇媚，只是有些清瘦，两只眼睛很大。她身着一件淡绿色套裙，浑身上下写着清纯。看得出，她很青春，也很典雅。只是此时此刻她有些魂不守舍，一会儿看看窗外，一会儿站起来看看车厢两端。

"请问还有多长时间开车？"很显然，她在问我。

我仔细看了看手表，从心里减掉平时掌握的误差，十分肯定地告诉她："还有两分钟"。

"唉——"她两眼扑闪着窗外，听到我的话，不由得轻叹一声。

此时，我看到她薄薄的嘴唇微微噘起，大大的眼睛开始滚动泪水。突然，她眼睛一亮，脸上阴云顿开，一下子站了起来。

"帮我把窗户打开好吗？"她向我求援。

开窗的时候，我看到她所等的人已经站在窗下。

看得出，他比她大不少。气喘吁吁的，样子蛮忠诚。他递给她一束鲜红的玫瑰。她急切地把头探出窗外。

汽笛响了，工作人员走过来，用哨子和双手，把他拽到安全线以外。他们恋恋不舍。我目睹了一次真情离别。

列车越过警冲标，开始在钢轨上撒欢。她依然无语，对手里的玫瑰疼爱有加。一会儿把它放在眼前，一会儿拿到脸前闻闻，心中仿佛有说不尽的秘密和惬意。

这是一束红玫瑰，一共三朵。我知道，玫瑰象征爱情，三朵代表三个字——我爱你。看着鲜艳的花朵开在她的胸前，想起了琼瑶女士那篇著名的小说：《敲三下，我爱你》。心想，手捧玫瑰的姑娘身后肯定有一个真挚动人的爱情故事。

车过隧道，姑娘起身。她看了看车厢两端，很显然，她需要方便。只见她犹豫了一下，把玫瑰插在茶桌上放塑料花的花瓶里，然后转身离开。

红玫瑰在米黄色塑料花的映衬下显得更加美丽。回来后，她长时间托着下巴盯着玫瑰，想着她的爱情和心事。只是没再把它们从花瓶里拿出来。

不知过了多久，列车到了下一个车站，姑娘收拾行李。很显然，她要下车。

当她转身离开的时候，我发现她忘记了最重要的东西。想起了"送人玫瑰，手留余香"的诗句，我站了起来："小姐，你忘了你的玫瑰！"

她回过头来，冲我淡淡一笑："谢谢，我不要了！"

"噢——"我坐下来，自言自语："原来她没有忘记。下了车，就把以前的爱情丢弃。"

阳光从窗外照进来，照在旅途中的红玫瑰上。里尔克的名句伴着车轮的节奏在我心中鸣响："玫瑰啊，玫瑰，纯粹的矛盾，我乐意看你在眼帘下香睡。"

蝴蝶蝴蝶翩翩飞

　　那个春日，灵魂悄别存在的"宅"，抵达一处久违的山坡。

　　山坡上青草葳蕤。面南而坐，低头默想沉思。抬头的刹那，发现自己融入另一个世界：一群花花绿绿的蝴蝶自太阳方向飞来，在金黄色的空中舞成漫天雪飞一般诗的意象。

　　很惬意，一只雪蝶居然栖落在手背上。她双翅高耸，细须微颤，在我毛茸茸的手背上慢慢移动，像是在寻找什么。我屏息静气，唯恐惊走这美的天使。那情景如同华兹华斯《致蝴蝶》中所言："请留在我的近旁，不要飞走！留着让我再多看一会儿！看着你，我感到多么亲切——"

　　可爱的蝴蝶，小小的精灵，你从哪里来？你的故乡在哪里？你生活得如何？

　　一阵微风吹来，雪蝶扇动翅膀，离我远去。蝴蝶是幸福的。她只需翅翼轻轻摆动，就会进入自由飞翔的天地。我想，人，又怎样？

　　在城市的一个角落里，在钢筋混凝土构筑的房间里，我不停地变换电脑里的程序，试图呼唤一只蝴蝶飞临这座城市。

　　几个小时的劳作，没有任何诗意，只是在屏幕上打出一串蝴蝶的缩略符号："X、X、X——"还有一些蝴蝶的贴图和动漫图画。我大悟，城市里没有蝴蝶，蝴蝶只以标本的形式存在于城市的博物馆里。柯受良可以飞越黄河、长城，燕子可以飞越高

山、大河，导弹可以穿过沙漠、云层，但是蝴蝶却难以飞越城
市。

如此希望蝴蝶进入城市，不仅是一种妄想也是对蝴蝶的一种
苛求。蝴蝶为什么非要进入城市呢？是为了听都市里的靡靡之音
吗？是为了闻汽车排出的烟气吗？己所不欲，勿施于人。我不能
把自己的意愿加到蝴蝶头上。尽管是出于爱。爱，有时意味着谋
害。正如刘犁先生《蝴蝶标本》所断言："是爱你的那只手，把
你杀死／美，太美，落得这个结局／爱，太爱，往往残忍。"

那只漂亮的蝴蝶栖于美丽的花枝。

仔细观察一下就会有新的发现：蝶恋花，并不是千年不易的
真理。恋花只不过是蝶的一种生存方式。

世间最恋花的不是蝴蝶，而是蜜蜂。蝴蝶恋花，不是发自内
心的爱恋，不是一种职业，只是为了生存，为了温饱而不得已进
行的选择。不似蜜蜂，一天到晚采花不停，聚财的泼留希金一
样。

蝴蝶不是蜜蜂，不酿生不带来死不带去堆积如山的蜜，也不
把自己贪婪成大腹便便的形象。蝴蝶就是蝴蝶，她单纯、她轻
松、她潇洒。除了温饱，蝴蝶只需要一对比身体还大却能够保证
自由自在地飞翔的翅膀。

一只蝴蝶误入蜜蜂早已栖息的花枝，蜜蜂愤然举起屁股后面
的毒针。蝴蝶如惊鸿般离去。

其实，蝴蝶的生活绝不会这般简单。自己对蝴蝶知之甚少，
甚至谈不上皮毛。我们听不懂蝴蝶的语言，分辨不出蝴蝶的容
颜。当蝴蝶飞临，我们只能简单地判断她是一只白蝶、黑蝶，抑
或彩蝶。我们不知道她的年龄，也不知道她的性别。更不知道她
是不是来自两千多年前庄周梦里的那只神蝶，是不是梁祝坟头上
的那对痴情者，或者是不是来自故乡水边。可以肯定，蝶生也定
如人生一般复杂和多舛。蝴蝶也有着诸多难以摆脱的困苦和厄

运。事实上，外表相似的蝴蝶长着千万种不同的模样，千万种模样的每只蝴蝶都有着千万种表情，千万种表情表达着蝴蝶的喜怒哀乐。

而今春日晴好，但暴雨终会来临，狂风定会出现，秋天也要入深，冬天也会迫近。想象数只蝴蝶或几百只蝴蝶同时死去是一件很痛苦的事情。这件事情忧郁着我，在我心灵的空间飞起一只黑蝴蝶。

立于阳台之上，以慈祥的目光关注那盆奄奄一息的"六月雪"。一个画面让人骇异：在花盆底座附近有一只死了的蝴蝶。她平躺在那里，被阳光辉映得如同活着般美丽。我不知她为何而死，更不知她为何"入侵"这座城市。她是花了怎样的力量才飞到都市里？难道是乡下捕蝶的孩子太多？难道是乡间植物上布满了农药？难道是蝴蝶在乡间已经没了生存的空间，不得已才进入都市？进入都市的蝴蝶死了，这是怎样纯粹的矛盾。

死了的蝴蝶干了，但她依然美丽，不朽。死了的蝴蝶飞不动了，但她依然张着欲飞的翅膀。西班牙诗人洛尔伽说："我的头低着，但灵魂在飞翔。"此刻，死了的蝴蝶大约还在想着飞翔。

如果我能够，将捍卫蝴蝶生存的权利与自由。就像在成为组织的新鲜血液之前所承诺的那样，关键时刻挺身而出！然而，这个问题绝不似壮士义举般简单。

在市中心广场花坛里，又一次看到了一只敢于进入都市的蝴蝶。她在草坪上徜徉、徘徊，好不悠闲。许久，也许是累了、渴了，她落下来，落在一棵草上。一个女孩子悄悄地跟在她的后面，她正伸出涂着鲜红指甲油的手，试图捏住蝴蝶柔弱的翅翼。我的血液随之上升，遂大喊一声："别，别逮她！"女孩无动于衷。我只能以足球运动员抢球的速度跑过去。结果，蝴蝶飞了，可那女孩恶狠狠地骂了一句："神经病。"我目瞪口呆，并不是因为她的骂。我发现，正是这个女孩，早晨在一家自助餐厅吃饭的时候，偎着一个人说，我特想回老家的山坡上放羊。当时我坐他们的邻桌，对这句"怀乡"之言听得格外真切，而且我当即断定，她是一只来自乡下的蝴蝶。没想到她会成为捕蝶者。

羡慕蝴蝶，但长久找不到蜕化为蝴蝶的途径。

《萨特自传》中的一段话让我找到了人类成为蝴蝶的可能性。他说："如果我死了，将依靠我的思想和著作而生。我生前的 25 本著作犹如 25 只蝴蝶，从我的躯壳里飞出来。她们鼓动双翅飞翔，飞向国立图书馆——"

据说，蝴蝶的前身是丑陋的毛毛虫，她是靠什么脱胎换骨的呢？大概也是萨特所说的思想。如果有这条真理在，人类就会有新的希望。我这样想。

奔赴天国的道路上

冬之夜，睡梦里，被死亡之神召见。没想到，死神竟然是一位靓丽的女子，她飘到床前，轻轻地说："亲爱的，你在世间的日子已经不多了。请抓紧时间处理一下你最需要办的事情，我在那边等你。"然后飘然而去。

醒来后，阳光照在脸上，也就在那天，我入住医院，并被告之我的一只脚已经跨进了死亡之门，患的是那种最可怕的病，一个和美好字眼谐音的名字——癌。穿洁白职业服的大夫递给妻子一张纸，妻说，那纸的颜色和纸钱一模一样。

因了神的约定，生命的步履便急促起来，时间亦变得更加宝贵。病床上，原本什么也不太在乎的，才发现，该办的事情竟然那样多，只能挑最重要的事情来办。

记不清是谁说的"人命就是这样子——死前很贱，死后才珍贵"。生命本无常，当自己的生命陡然缩水并意识到生命的珍贵，未尝不是一种福分，真的要感谢那位美丽死神的提前召见。

自己愧对人生吗？这是一个无法也不可能回避的问题。自从与死亡之神相遇，总是在不经意间陷入无以摆脱的思考之中。想起了保尔·柯察金那句名言。面对以往平静如同小河流水般的岁月，平凡得不能再平凡的自己给不出令人满意的答案。

记得十年前，曾经故作深刻地在一篇文章里写道：我们是向死而生的人。父母的偶然行为诞生了我们。每个人都有突然死去的可能性和最终死去的必然性。既然不能无从把握自己的生与死，就要好好把握当下的活。让我们"红尘作伴，活得潇潇洒洒，策马奔腾，共度人生年华"。如今，十年已经成为过眼烟云，自己又曾把握了什么？

我努力追忆，试图寻找那些难以忘怀的人生辉煌和记忆。十分遗憾，这时，人生本来很重要的事情好像全都消逝，一些看似平凡的事情却在远处闪光发亮。时而看见自己光着脚丫，奔跑在故乡的青草地上。一会儿，仿佛来到小学时的课堂，留着齐耳短发的女老师在教我们大声朗读："b——，p——，m——，f——。"

细细想来，死亡不应该是那么可怕的东西，那不过是生命的两种存在方式之一。在妈妈怀我们之前，我们只作为概念化的憧憬浮游在小夫妻的爱情中，这可否算作生命意义上的最初追忆？在妈妈的孕育中，我们是母亲生命的子集，不知道是否有属于生命的记忆，或许历经出生的巨变，已将原来的一切散落在温暖的母体。死亡的痛苦，正如出生时，母亲交付了死一般阵痛换来了蓬勃的新生命。我们感到死亡的恐怖全是因为尸身的丑陋，它们只是附庸生命的蛋白质，绝非真正的生命。人死后都很美，就像那位死神，我们已经脱离躯壳，升华为另一种空灵的形象，正如金蝉脱壳插上了翅膀并且会高声吟唱。

当初，上帝造人的时候，创造了人生存所必需的东西，恰恰就没有创造金钱。德国哲学家伯尔的《懒惰哲学趣话》真是太棒了，人劳作之后，不就是为了"逍遥自在地坐在这里的港口，在太阳下打个盹——还可以眺览美丽的大海"吗？生命和生活本来是一个极简单的东西，我们和我们的社会却把它们搞得烦琐无比，其中金钱这位大众情人也确实迷惑了芸芸众生。我们苦苦追求她，到手后才发现，我们最最需要的竟不是她。著名作家刘玉堂先生的《精制米和糙米》也告诉我们这样一个道理：我们没有必要把生活搞得那么复杂，这当然包括挣钱，也包括对地位、荣誉的追求及其他。

前一阵子，还曾私下里咒骂他——我的"敌人"。我想，他也肯定盼我早死。可今天早上，携着一束鲜花，披着一片阳光，他竟走进我的病房，泪光中我们都说当初咱们多傻。人本绚丽多彩，俗常中多被劳碌和喧嚣漂白。所谓幸福就是一颗感恩的心，看着他，我在心里默念"祝福你，我的朋友，我的冤家。"他的探望仿佛断臂再植，让我拥有了一种鲜活顺畅的心境，终于找到了多年来向往的"安祥"感。我不再恚心，我衷心地感谢上苍和世人。

拉着女儿的手，在想该给女儿留下点什么。想来想去，就留给她两句话："宝贝，你想成为什么样的人，就一定会成为什么样的人；你想当什么人，就去做什么人吧。"女儿还小，她不明白如此简单又如此深奥的话。摸爬滚打半生，就浓缩成了这么简简单单的两句话，前一句蕴涵着鼓励，后一句是对她权利和选择的尊重。我不是个守旧的人，不想捆起她的小翅膀拎着她去飞翔，我对她的唯一要求是，从心所欲而不逾矩，辉煌纵然炫目，平庸亦有快乐。纪伯伦说："父母是弓，儿女是箭。箭借弓助，穿逾弥远。"就这样，我的大手拉着小手，把自己的嘱托交给了她。

还有什么可做呢，对温柔贤惠的妻，爱情在日日的厮守中早已悄悄地变成了亲情。我只想把自己病危的消息辗转告诉早年初恋的那个她。如果死前能见她一眼，今生会变得"圆满"。因着诸多客观因素，我们无缘在一起。多少年了，滚滚红尘，春去秋来，忘却了很多很多，永远无法释怀的是那份初恋的心跳和情愫。现如今躺在病床上，还时常想起她那灿若云霞的笑脸。我深知，我们之间的那份感情因失去而宝贵，因抽象而永恒。它是彼此曾说好的幸福约定，亦是再做人时还能相知的美好梦想，我要在天上跪求神六百年，求他让我们结一段尘缘，来生不留叹息在人间。

死神在拥吻我，诱人的香熏让我发出心驰的呻吟；爱妻，医生，还有阳光，亦挽住我轻声呼唤。脚跨阴阳一线的门槛，缱绻伴着决绝。此时，我像喝醉了一般，手脚游离，支配紊乱，终于，呼出了最后一口温温的气息，身躯游丝般把持不住，飘然倒伏在大地的怀里，而魂灵却迈着悠缓空灵的大步向苍穹渐去。今生最后一次回眸挥手，告别人间。亲爱的，请别为我哭泣。

轻轻地我走了，
正如我轻轻地来。
我轻轻地挥挥手，
作别西天的云彩。

爱在天寒地冻时

秋天像一只奋飞的大鸟，向远方飞去。爱情的冬日悄然来到身边，尽管我很不情愿。

那是一个真实的故事，在梦里。似乎并不曾到过那个地方，也不曾目睹过那种场景。那是一片荒原，无边无际、一片苍茫，到处是野草、芦苇、泥沼和坟茔。你被一只巨大的苍鹰叼着，飞向远方。我拼命追赶着你、呼喊着你。可是，用尽了所有力气却总也跑不动，喊不出声音。只能绝望地看着你离我远去。醒来后，脸上挂满泪水，掌心攥出指甲的痕迹。

曾把这个噩梦告诉过你，可是你并不在意。你静静地听了，轻轻地说没什么，不过是个梦而已。然而，就是那个梦，在我的心里激起一片冰凌，让我隐约感到我们到了分手的冬日。尽管我知道，终有一天：凤凰投火。可是，没料到这一天来得那么快，犹如特快列车。

你举行婚礼的日子，我举行爱的葬礼。你迎来的是一轮新的生活，我却为咱俩的那轮太阳安葬。葬礼，就在我俩常去的地方。

大红喜字、大红鞭炮、大红旗袍以及鲜红的唇，如同立体电影上的列车冲我而来，强烈刺激视觉、听觉和嗅觉。我神情迷离，竟然无法抵达原来属于你我的那方乐土。空旷的田野、湛蓝的天空、孤独的树木、狂叫的野狗，组成沉重的画面，悲哀压迫我心，使我难以驾驭思维的船，去回味、去反思，去完成悼词和墓志铭。我只知道，LOVE，因患贫血症死亡。

是这样吗？果真是这样吗？我开始怀疑，怀疑你、怀疑我，怀疑你是否真的爱过我，怀疑我是否真的爱过你，怀疑爱情，怀疑人生，怀疑一切的一，怀疑一的一切。

泪已干，心已死。我一次次否决自己，最后不得不承认，我是那样爱你，爱得那样深沉、爱得那样决绝、爱得那样痛苦、爱得那样无望。只是，我无以把握你的心，我不知道究竟应该怎样爱你，究竟怎样面对你。我没有答案，只要你不告诉我，就永远不可能有什么答案。

两个典礼的钟声终于敲响。鞭炮在东方燃起来，你的信件在墓前烧起来。火势渐渐凶猛，天空有一只巨鸟飞来，在墓前徘徊。音乐从远方奏响，越过田野，冲击耳膜。不是《梁祝》，而是《梦醒时分》。如泣如诉："要知道分离总是难免的，你又何必在乎那一点点温存，在每一个梦醒时分。有些人你永远不必爱，有些人你永远不必等——

几乎发疯了，我从田野里爬起来，跌进你的婚礼，举座皆惊。你松开他的手，要跟我一起走。我却潇洒地举起了祝福的酒杯。

醉卧墓前。醒来，发现有血自胸中溢出，渗进墓地。此时此刻，终于明白：凤凰已死，不复更生。但耳旁却响起泰戈尔老人的声音：让生者有不朽的爱，让死者有不朽的名。

第五辑

精神领地

千年难题谁人解

自古以来，提起吏治腐败无不义愤填膺，无不痛心疾首。

面对腐败，几乎历代帝王都痛下决心，言之凿凿。

然而，腐败问题却总是禁而不止，杜而不绝，像瘟疫又像肿瘤，生长在人的肌体，腐蚀和残害社会的健康，进而成为历史性、世界性的一大难题。

就是这样一个极其重大的社会难题，有个人却解决了。他是一个叫李世民的皇帝。

那么，李世民究竟是怎样解决这一重大难题的呢？看似做起来很复杂，归结起来其实很简单。答案其实只有三句话：自己不贪，家人不贪，吏治从严。

几乎每个高级领导干部都知道，任何事情都要从我做起，从自己做起。然而，做起来却总是那么困难，尤其是在杜绝腐败问题上，那是难上加难。

然而，李世民注定是一个有别于其他人的人。他做到了，而且做得非常坚决，非常彻底。

在这方面，历史上是不乏反面典型的。

汉灵帝刘宏就是一个全国最高级别的贪污犯。他一生喜欢金钱，贪得无厌。朝中有两个宦官，一个叫张让，一个叫赵忠，他们替灵帝想出能获得更多金钱的好办法：抽地亩税和卖官。汉灵帝直接说："张让张常侍就是我的父亲，赵忠赵常侍就是我的母亲。"意思是：谁能给我带来金钱，谁就是我的亲爹亲娘。

李世民决然不是这样的人。

因为，他懂得一个基本道理。在封建社会，朕即国家，朕即天下，天下所有财产都是属于自己的。身为皇帝，贪污国家钱财，无异于自己贪污自己。

因为，他还明白一个基本规律。君是舟，民是水。水可以载舟，也可以覆舟。

源于此，杜绝腐败，他首先从自己做起，从根本做起。

他说，若论贪污，天下谁也没有皇帝和大臣具备更好的条件，但"为主贪，必亡其国；为臣贪，必亡其身"。而要想保住天下，让天下人不贪，首先自己必须坚决做到不贪。

他下令全国厉行节约，让老百姓休养生息。

他下令轻徭薄赋，各地不得轻易征发徭役。

他还下令合并州县，革除"民少吏多"的弊利，以便减轻百姓负担。

身为皇上，他不是像隋炀帝一样，把主要精力用在吃喝玩乐、游山玩水和搞政绩工程上，而是经常到各地巡视，劝课农桑。

为了引导和鼓励百官、百姓重视农业生产，他还亲自在自己的园苑里种了近十亩庄稼。有时他下地除草，除不了半亩便累得气喘吁吁，但仍然坚持。

天下蝗灾泛滥，他深入田间地头视察，顺手抓住几只蝗虫说："粮食是老百姓的生命，你不该吃，要吃也该吃我。"说完，张开大口便往里塞。

他说："我不怕生病，如果把天灾转移到我身上我心甘情愿。"

身为一国之君，李世民只做到自己不贪，还远远不够。如果他的老婆、他的家人一心思贪，到处"开公司搞经营"，也同样很麻烦。

令人庆幸的是，李世民对家人要求很严，家人也不是一般的自觉和自律。

贞观吏治清明，与他的老婆长孙皇后不贪有关。要知道，很多领导人事儿都坏在老婆身上。长孙皇后不仅不贪，而且还在一旁监督丈夫，让他一心做个清正廉洁的好官。

李世民准备提拔长孙皇后的哥哥长孙无忌担任丞相，而且一再说，之所以提拔他不是因为亲戚关系，而是因为他的功绩和能力。但长孙皇后坚决不同意，理由是他是自己的哥哥！

如果不是长孙皇后，换作其他人，会这样做吗？当然不会，她们会想尽千方百计让皇帝提拔重用自己的亲兄弟！有这样通情达理的贤内助，自然就不会有贪赃枉法的坏丈夫。

对于多数皇帝来说，身边既需要有工作能力、能替他做事的人，也需要会溜须拍马、歌功颂德的人，他们也总是善于在不同的人之间搞平衡；而李世民却不是这样，他的用人只有一个标准，那就是有能力，能替他，或者说能替国家干事。

皇帝是个清正廉洁的人，皇帝的老婆也是清正廉洁的人，他身边的大臣也都是些清正廉洁的人，如此一来，其他官员还敢、还好意思贪污腐败吗？答案显而易见。

所谓上梁不正下梁歪，这话反过来也同样成立。

贞观八年，广州都督党仁弘被告贪赃枉法，查证属实后，本应判死罪。

面对古稀老人，李世民产生了恻隐之心，于是赦免了他的死罪。

事情过后，李世民感觉这样做不利于警示后人，于是召集首都地区五品以上干部会议，会上他非常沉重地向大家宣布：我因为徇私情赦免党仁弘死罪，对不起苍天，对不起大地，等于带头破坏了法律的尊严，为了惩罚自己的过错，我决定，从今天起，连续三天每天只吃一碗素食。

这相当于半绝食。免除老人不死，自己却要坚持受罚。这是怎么样难能可贵？

第三天，半绝食结束，他下达"罪己诏"，就是向全国人民做公开检查。承认自己有三大罪过：知人不明，用人不当，第一大罪过；以情免死，以私乱法，第二大罪过；善行未赏，恶行未罚，第三大罪过！

有这样的皇帝，有这样的处事态度，谁还敢轻易贪污呢？

李世民还创造性地建立现场观刑制度。对各地发生的重大贪污犯，一律押赴首都问斩。行刑时，让各地刺史、都督都来首都现场观看。这是最有效、最刺激的廉政教育，意思是：谁若贪污，下一个就是你！

这绝对是一个创造。目睹贪污者被杀，谁还敢以身试法呢？

严惩声声里，贪官代代出。

李世民为何能有如此伟大发明？根子在于他的思想里有三个字：存百姓！

后人为何没有继承他的做法？根子也在自己的思想里有三个字：存私心！

这就是李世民给出的答案，也是后人应该向他致敬的最大理由！

不合时宜的人

从汉末到魏晋是我国历史上频繁改朝换代的时期。这种政权更迭有别于其他朝代，是通过"非暴力"方式实现的，换句话说，叫和平年代的"夺权篡位"。从魏代汉，再到晋代魏，后一个是前一个的翻版。

"夺权篡位"属于大政治。既然是大政治，就需要为其服务的人。当其"夺权篡位"之时，为篡位者服务的政客是少不了的。同样，为其摇旗呐喊、歌功颂德的知识分子也是必不可缺的。特别是对于一心觊觎皇位的司马家族来说，更需要为其政治路线服务的大批政客和文人。

然而，"夺权篡位"行为是历来为正义之士，特别是有良知的知识分子所不齿的。尽管当权者迫切需要这些人站在自己一边，但他们其中的一部分人总是不肯站在支持者的立场上。

面对这一问题，当权者不是毫无办法的。他们可以利用手中的权力命令、强迫，也可以利诱和拉拢。这对于一般知识分子来说，无疑是无敌良药。很遗憾，魏晋时代却偏偏遇到了一批不予合作的人。

这些人是一个非常特立独行的群体，名为"竹林七贤"，为历代所罕见。他们大都出生于比较富裕，至少不为衣食所愁的家庭；他们的父辈多在朝中为官，都具有一定的社会地位，又都或多或少地参与到"三曹"所领导的打造建安文学、培育建安风骨的社会实践之中，并有所成就。

　　按说，他们完全可以听从于司马家族的调遣，为其服务，并获得相应的利益。可是，在权位和尊严之间，他们选择了尊严；在富裕和清贫之间，他们选择了清贫；在热闹和孤独之间，他们选择了孤独。面对司马家族的各种利诱，他们显示了不合作者的态度和决绝。

　　因为，在他们的心中有一个词叫"良知"！

　　他们不是一个人，而是一群人。面对司马家族的种种手段，他们并没有直接与之发生正面冲突，而是采取了属于自己的方式。他们行为各异，但从不同角度展示了作为知识分子不合作者的高贵人格。

嵇康：就是不与你们合作，又能拿我怎么样？

　　嵇康是竹林七贤中最有代表性的人物，这主要不在于他的文学成就，而在于他异常决绝的不合作态度。有道是，人不可有傲气，但不可无傲骨。在嵇康这里，傲气和傲骨他都有！纵观他的一生，最令人敬佩的是他的为人之道和交友之道。他一生中的三次重大抉择都与朋友有关。

　　嵇康从小立志于学，学识渊博，文学、玄学、音乐无不精通，是那个时代少有的人才。对这样的人才，一心想夺取魏家大权的司马氏自然会高度重视，极力拉拢，想为己所用。一天，司马昭派他的心腹钟会前来拜访嵇康，目的只有一个——劝说嵇康到朝中为官。钟会兴致勃勃地来了，本来还想在嵇康跟前落个好人，私下告诉嵇康，自己在司马大人那里垫了不少好话，他绝对没想到，热脸碰到了冷屁股。

　　嵇康的态度是异常坚决的：让我去给司马昭当走狗？门都没有！快快离开我这里，哪里发财哪里去！

　　嵇康之所以拒绝司马昭的"美意"，除了"道不同，不与尔谋"之外，很重要的一点，就在于他是曹氏家族的亲戚。他的老婆是曹操的曾孙女长乐亭主曹璺。亲戚者，有血缘关系的朋友也。朋友不能背叛，又怎么能干背叛亲戚、吃里爬外的勾当？

嵇康拒绝了，拒绝得很有道理，也很有气节！这是他人生的第一个重大抉择，也自此引发了后来的杀身之祸。

官运这东西，在很多人看来是一种求之不得的好东西。但是在嵇康那里，却像躲不开的小鬼，总是缠绕着他。嵇康拒绝钟会的邀请不久，他的老朋友竹林七贤之一的山涛出面了。为了社稷考虑，为了嵇康本人着想，山涛在没有征得嵇康同意的前提下，向司马昭推荐嵇康到朝中为官。

消息传来，嵇康那个气啊，简直别提了。以前总以为山涛是自己的好朋友，可是，这家伙居然连自己最基本的价值观都不了解，这算哪门子朋友？这样的朋友，还不如不要。随后，嵇康做出一个非常"雷人"的决定，公开宣布与山涛断交，断交就断交吧，他还专门写了一封信，昭告天下，唯恐天下人不知道。信的大概意思是说：

过去您曾在山嵚面前称说我不愿出仕的意志，我常说这是知己的话。但我感到奇怪的是您对我还不是非常熟悉，不知是从哪里得知我的志趣的？前年我从河东回来，显宗和阿都对我说，您曾经打算要我来接替您的职务，这件事情虽然没有实现，但由此知道您以往并不了解我。

倘使急于要我跟您一同去做官，想把我招去，我一定会发疯的。若不是有深仇大恨，我想是不会到此地步的。

信的最后，嵇康还说：写这封信既是为了向您把事情说清楚，并且也是向您告别。意思是，我写这封信，除了向你解释自己的真实想法，同时还郑重告诉你咱们拜拜了，从此全当我不认识你，没有你这个朋友。

朋友之间产生误会，见过有断交的，但从没见过因为推荐对方做官而断交的，更没见过用如此方法断交的。由嵇康的交友原则也可以看出他不入世的决绝态度。

对于那些并非真正的朋友，嵇康一旦发现之后，表现得非常绝情，而对于那些真正的朋友，嵇康又是那么有情。有时甚至为了朋友不惜牺牲自己的生命。在他的辞海里，只要你是我真正的朋友，无论如何我都要和你站在一起。

公元263年，嵇康的好朋友吕安遇到了麻烦。他被自己的哥哥诬告不孝，遭到朝廷的缉捕，从而面临最严厉的处罚。看到吕安遇到了麻烦，很多朋友都躲得远远的，唯恐受到牵连。这时候，唯独嵇康站了出来，冒死进谏，试图替他洗脱罪名。对于吕安的为人嵇康是再熟悉不过了。如果说他不孝，那么天下就没有孝子。然而，嵇康的这一举动无疑是引火烧身。很快，曾被他伤了尊严的钟会便把矛头对准了嵇康。

欲加之罪，何患无辞。《与山巨源绝交书》便是最大的罪证。很快，嵇康被判了死刑，但他绝不后悔！

刑场上，三千名太学生为嵇康求情，司马昭不为所动。临刑，嵇康泰然自若，一曲《广陵散》荡气回肠，成就前无古人后无来者之绝唱。

人固有一死，或重于泰山，或轻于鸿毛。嵇康为心中的价值观念和真正的朋友而死——

他，死得其所！

现时代，为了能获得高官厚禄，很多人趋炎附势，想尽办法巴结上层领导，有的不惜花钱买官，搞权钱交易，更有甚者，不惜出卖自己的灵魂。假如嵇康再世，会作何感想？

阮籍：你可以委任我当官，但不能改变我的意志！

阮籍是竹林七贤的另一个代表人物，从嵇康身上人们看到的

是可敬；从阮籍身上看到的则是可爱。他俩好似一个硬币的 A 面
和 B 面，以各自不同的方式进行着对司马王朝的抗争。

因为阮籍才华横溢，名冠内外，掌权的司马集团也很想拉拢
他，但阮籍和司马集团始终保持着真真假假、若即若离的关系。
这其中，阮籍还非常"有才"地搞出了一些耐人寻味的笑话。

有一年，司马集团给他委任了一个官差——东平太守。对于
这一任命，他表示坚决拥护，感谢组织的信任和重用，下决心不
辜负领导重托和期望，一定要把工作干好，并很快骑着一头破
毛驴报到。可是，到了东平之后，他下达了一个非常有创意的
命令，让手下人"拆墙透绿"，把衙门的隔墙统统拆掉，搞"阳
光政务"。等把隔墙都拆完之后，他又骑着毛驴，像阿凡提一样，
悠哉游哉地又回来了，说什么那个工作根本不适合他，搞得司马
昭哭笑不得，又不好发作。

过了一段时间，阮籍主动向朝廷打报告，说自己在家闲得难
受，主动申请要官，而且非要到部队工作，指名要干步兵校尉。
司马昭本以为他有所悔改，真的想干事了，谁知道他"醉翁之意
不在酒"，当官的目的居然是看上了步兵营中有一位厨师很会酿
酒，而且军营中藏有美酒三百斛，足够他喝上一段时间。当官期
间，他天天与刘伶一起大口吃肉、大口喝酒，但愿长醉不愿醒。
遇到部队召集会议，研究工作，他总是躲到一边，一言不参，从
不发表任何见解。官当到这个份上，堪称一景。

后来，晋文帝司马昭的儿子看上了阮籍的女儿，于是想和他
结亲家。阮籍知道之后，酒当即醒了大半，自己如花似玉的女儿
岂能嫁给这等无能之辈，说什么也不能答应。但是，碍于司马昭
的淫威，他又不好直接拒绝，于是想了一个很好的办法，故意装
醉，一装就是六十多天，让司马昭根本没有开口的机会。直到对
方揣测到了他的本意，意识到强扭的瓜不甜，才肯罢休。他的作
为不知羞煞多少攀龙附凤之辈！

等到司马家发动"高平陵政变"篡夺政权之后，阮籍的人生理想彻底宣告破灭，选择了彻底放纵和逃避。他常常自己驱车，任意游走，走到哪里算哪里，行至日暮途穷之处，一个人放声大哭。

刘伶：为了躲避司马家族的利诱，我只好醉生梦死。

竹林七贤中另一个值得一书的人是刘伶。不是因为他的文采，而是因为他的"酒才"。他以最大胆的叛逆精神把酒文化发挥到了极致，从而对当时的社会形成巨大讽刺。

刘伶，字伯伦，沛国人。竹林七贤之一，以喝酒和品酒闻名天下，堪称酒场"牛人"。

有一次，他的酒瘾上来，难以控制，要妻子快拿酒来。妻子饱受他喝酒之害，又担心他的健康，哭着把酒洒了一地，然后把酒坛子摔掉，痛哭流涕地劝他："你酒喝得太多了，再这样喝下去会把自己的身体给糟蹋了，你还是把酒戒了吧！"刘伶听后，眼珠一转说："好！好！喝酒的确很伤身体，可是靠我自己的力量没法戒酒，必须在神明面前发誓，让神灵监督。麻烦你准备酒肉祭神吧，我马上在神灵面前发誓，坚决戒酒。"

妻子信以为真，听了他的话，按照他的说法，准备了酒肉供在神桌前。刘伶当即跪下来祷告："天生刘伶，以酒为名；一饮一斛，五斗解酲。妇人之言，慎不可听。"意思是说，我刘伶是为喝酒而生、为喝酒而活，老婆的话还是不听为好。说完，取过酒肉，又喝得大醉了。对酒的迷恋和忠诚可谓举世无双。

刘伶晚年经常乘鹿车外出，手里抱着一壶酒，命仆人提着锄头跟在车子的后面跑，并说道："如果我醉死了，便就地把我埋葬了。"其情其景，透着无言的凄惨和苍凉。

可这些只有一个目的，躲避司马家族的利诱。

王戎：都言天下第一自私鬼，谁知心中苦滋味？

王戎是西晋的一位大名士，名列"竹林七贤"，是士族中的领袖人物之一。不过，在不合作者中，他是另类中的另类。因为，相比其他人，他的表现看起来是那么促狭，让人讨厌。

王戎最大的特点是自私和贪财。若论天下第一自私和吝啬鬼是谁，有人回答是泼留希金，也有人回答是葛朗台。这两个答案都是错误的。因为，王戎在世之后，世上就没有出其右之人。这一点，有《世说新语》的三则故事为证。

王戎的侄子结婚时，他表现得非常大方，送给侄子一件单衣作为新婚礼物。然而，等婚礼结束之后，他又找上门来，将那件衣服要了回去。

送人的礼物再要回去。这不是知识分子的风格，也不是普通人的做派。可是，王戎却这样做了，而且不怕被人笑话。这让人费解。

对于自己的儿女，王戎也非常小气。女儿成家后，有次问他借了几万钱。几万钱对于"勤俭持家"的王戎实在算不了什么。可他却牢牢记在心上，天天盼着女儿还。女儿一时没还，回家探亲时，王戎脸色非常难看。女儿掏出钱来还他之后，他立即眉开眼笑。

王戎家种的李子质量和口感非常好，在现代属于优质名牌产品，拿到集市上去卖，很快一抢而空。每次卖李子之前，王戎都要花一番大功夫，不干别的，而是让人把李子的核一个个钻破。目的只有一个，怕被人买去后种植，影响他的独家"品牌"。如此自私之人，天下少有。

可是，仔细想一想，王戎真的有那么自私吗？他家真的很缺钱吗？答案是否定的。他如此为之，不过是故意麻痹人的一种策略而已。

　　试想一下，如此自私自利之人，谁还再惦记着他到朝中当官，或者担心他对朝廷政治构成危害呢？

　　都言王戎天下第一自私鬼，谁知心中苦滋味？

　　在这样的年代，选择不合作的立场，表现出各种荒诞行为实属无奈。但站在历史的角度，他们是值得肯定的，也是值得称赞的。因为，虽然他们的行为不被多数人理解，毕竟他们没有选择充当走狗和帮凶！

一场雪耻之战

人固有一死，或重于泰山或轻于鸿毛。司马迁的一生是重于泰山的一生。

在司马迁的人生旅程中，有两件事情格外引人注目。一个是遭遇汉武帝赐予的腐刑，一个是写出了千古不朽的《史记》。

遭遇腐刑是悲催的，写出《史记》是伟大的。它们之间，看似没有必然联系，实际上却有内在的前因和后果。从某种意义上说，正是因为他遭遇了腐刑，才有了伟大的《史记》的成功。

司马迁本人曾在《报任安书》中做过这样的描述："盖文王拘而演《周易》；仲尼厄而作《春秋》；屈原放逐，乃赋《离骚》；左丘失明，厥有《国语》；孙子膑脚，《兵法》修列；不韦迁蜀，世传《吕览》；韩非囚秦，《说难》《孤愤》。"

按照这一逻辑推论，司马迁写《史记》的最大动力也许就在这里，压力也许在这里。喷泉因为巨大的压力，才释放出属于自己的美丽；瀑布因为置于没有选择的高处，才跳出人生最惊艳的一跳。

司马迁从小就是一个喜欢旅游和学习的人，早年在故乡过着贫苦的生活，十岁开始读古书诗文，学习十分认真刻苦，遇到疑难问题总是反复思考，直到弄明白为止。二十岁那年，他从长安出发，到各地游历。后来回到长安，当上了郎中，成为一名国家"公务员"。

他先后多次和当朝最高领导人汉武帝出外巡游，到过很多地方，很是荣幸，也很是风光。三十五岁那年，他根据汉武帝的命令，出使云南、贵州、四川等地，了解到那里少数民族的风土人情。

公元前108年，他的父亲司马谈去世，皇帝任命他接替太史令，相当于国家图书馆馆长。这标志着他正式成为汉武帝的"内阁大臣"。

公元前104年，司马迁开始了一项伟大的工作，动手创作中国历史上第一部纪传体通史——《史记》。

这是一项艰巨的工作。无数个月明星稀之夜，只有黄卷青灯相伴，但他干得非常投入，非常痴迷。

论说，他这样干下去并最终完成自己的夙愿，是再好不过的事情，然而，那样的话，那也许不叫"人生"，也最终成就不了他的伟大人格。

公元前99年，一个天大的麻烦降临到司马迁的身上。不，准确地说，这个麻烦是他自己找的。因为，一切都源于他干了一件与己无关、纯属打抱不平，但他本人又认为非干不可的事儿！

那年，大将李陵奉汉武帝之命出击匈奴，结果兵败投降，汉武帝听后大怒，要处罚李陵的家人。

面对汉武帝的意气用事，满朝中文武百官没有一个人敢"吱"一声。因为，谁都知道，为李陵和他的家人讲情，如果皇帝翻脸后果将是怎样严重。

这时候，一个人勇敢地站了出来，发出了不同的声音。

他，就是司马迁，一个只负责记录历史的人，为人陈情并不是他职责之内的事情。但，他还是站了出来。

他不卑不亢地说：皇上，李陵此前杀敌无数，曾立下赫赫战功，此刻敌众我寡，被俘当属无奈，所谓投降未必是真。

然而，就这两句话彻底惹怒了汉武帝。他将自己的遮天大手奋力一挥：

多管闲事的人，押入大牢，腐刑！

这对司马迁来说无异于晴天霹雳。

众所周知，腐刑意味着什么，那是怎样一种痛苦、怎样一种折磨，又是怎样一种耻辱？

后来，司马迁曾说过：

"祸莫憯于欲利，悲莫痛于伤心，行莫丑于辱先，而诟莫大于宫刑。"

很显然，这是一个，极其荒谬、极其不公正，也极其残忍的判罚！

但是，司马迁并没有退缩改口，也没有请求宽恕，事后更没有丝毫后悔。

他像一个真正的男人，默默地承受着这本不该承受的一切。

他为什么会这么做？只因为他是一个敢于仗义执言的人，是一个敢于为朋友两肋插刀的人，也是一个敢于忠于事实和真相的人，更是一个敢作敢当的人。

后人读《史记》，总是赞叹司马迁治史的严谨。从李陵事件可以看出，严谨的岂止是他的治史态度，对待现实他比对待历史更加严谨。

可以想见，司马迁遭受腐刑时的痛苦，也可以想见他牢狱生活的艰难。然而，他都默默地忍受过来。

出狱之后，司马迁面临着新的人生选择。摆在他面前的有三条路途：

其一，既然皇帝如此昏聩，朝廷如此昏暗，自己遭受如此奇耻大辱，就应该与朝廷誓不两立，走上彻底坚决的反叛道路，誓与汉武帝战斗到底，大不了弄个鱼死网破，即便功败垂成，也换取一个敢于抗争者的名声。

其二，自此彻底看破红尘，什么历史，什么现实，一切都是虚妄的，一切都与己无关，从此不再过问世间任何事情，得过且过，苟且一生。

其三，虽然遭遇不公，但"穷且益坚，不坠青云之志"，继续完成自己未曾完成的大业。

司马迁选择的是后者。

他没有选择简单的反抗，也没有选择消极堕落，而是选择了最靠谱、最积极、最充满正能量的路途！

他要通过自己的努力，完成此前所有史学家都没有完成的大业。

他要通过自己的努力，"究天人之际，通古今之变，成一家之言"。

他要通过自己的努力，在华夏大地上铸造一座比汉武大帝还要高大的丰碑！

就这样，司马迁出狱后，忘记曾有的疼痛，忘记曾经的耻辱，潜心去完成自己未竟的事业。

他用另一种方式发起了一场雪耻之战。

他在以实际行动告诉汉武帝，你可以伤害我的身体，但不能够改变我伟大的意志！你可以中断我繁衍子孙的能力，但不能终止我的伟大事业！

最终，他成功了。一部五十六万字的皇皇巨著横空出世！

这是中国史学界和文学界的一个奇迹，也是一座高山！

毫无疑问，司马迁写的是历史，但里面包含着悲愤，更包含着理性；里面蕴含着他的所有智慧、所有努力、所有辛劳。

随着《史记》的诞生，司马迁所遭受的牢狱之苦、腐刑之耻、胯下之辱，全部荡然无存。

这部"史家之绝唱，无韵之离骚"彰显了他无与伦比的高贵人格，体现了他前无古人、后无来者的自豪和荣光。

和永世不朽的《史记》相比，腐刑的耻辱又算得了什么？那点疼痛又算得了什么？

汉武大帝是伟大的，但当他站在司马迁和他的《史记》面前时，顿时显得那么矮小。

司马迁正是凭借一部《史记》，从另一个角度完成了对汉武大帝的超越，也从另一个层面战胜了不可一世的他。

历史上比较英明的皇帝很多，但能写出《史记》的史学家却只有一个！

如果遭遇腐刑之后，司马迁没有选择这样的道路，世上决然不会有《史记》这样的旷世杰作，华夏子孙将不知道该怎样研究自己的历史，后人也将无从知道司马迁究竟是谁人。历史上遭遇腐刑的人多了，有谁像他一样能留下一代英名？

此刻我敢宣布，中华民族是不可战胜的。因为，这个民族是司马迁《史记》笔下的伟大民族，是鲁迅先生始终充满信心的伟大民族！

回望文学大师的身影

"他清澈的灵智如雷火电光，遮住他激愤狂怒的面容。"这是那个时代的旗帜——伟大的鲁迅的面容。他的面容写照着正义和尊严，像一柄高悬于头上的达摩克利斯之剑，令我仰慕、令我深思。

1881 年初春，中国江南，清明秀丽的绍兴小城，秀才周伯宜和他的妻子鲁瑞在自家那处青砖瓦房的院里栽下了一棵小树。小树和他们的爱情一起疯长。

是年秋天，一个叫"树人"的小男孩来到了世间。尽管这个小男孩后来被人称为"旗帜"，尽管他一出生家道也还殷实，但是，他似乎注定要遭遇诸多劫数。祖父入狱，父亲病重，使他过早地感知人间的冷暖。以至后来他说："有谁从小坠入困顿的么，我以为在这路途中，大概可以看见世人的真面目。"

不知出于怎样的原因，我对一百年前的这个小男孩倍感亲切。我仿佛看见，那个面孔冷峻、紧抿双唇、衣着单薄的小男孩，怀揣母亲为他筹来的八元路费，背着书包，"走异路，逃异地"，外出求学问道的身影，让我感动和神往。

鲁迅面对的时代是一个非常特殊的时代。那时，万枪林立，尘土飞扬，到处是战争、疾病和穷困。正义之旗帜难以高举，悲愤的国人看不到未来和希望。有的人奋争，有的人消沉，也有人躲在象牙之塔作无关痛痒的文章。

鲁迅的出现是人类的一个异数，是上苍对中国人的一种爱怜。在普遍的醉生梦死之间，鲁迅承担起另一种责任，他以自己薄弱的身躯和倔强的性格担负起中华民族的心痛和重量。

他学医，试图疗治祖国的贫困。我想，假若他不改初衷，或许中国现代史上会诞生一位伟大的医人，另一个华佗、扁鹊或李时珍。但是，当他发现学医不能疗治国人"哀其不幸，恨其不争"的灵魂时，他毅然决然弃医从文，拿起了有史以来第一号犀利的投笔。

是的，鲁迅是人，不是神。但是，他是一个大写的人，一个伟大的人。他有很多政敌，但却没有一个私敌。他有很多缺点，但他从不隐瞒或回避。他说："我的确时时能解剖别人，然而更多地是无情地解剖自己。"他曾苦闷，也曾彷徨；他曾寂寞，也曾忧伤。但是他没有消沉，更没有苟生或堕落。相反，他抗争，他呐喊，"我以我血荐轩辕"；以艰苦卓绝的努力，树起了一座战斗者的丰碑。

面对鲁迅这面伟大的旗帜，想一想而今，不知该心生多少敬意和惭愧！

"我的心掠过寂寥已久的冬野，又碰上那束闪耀的目光。"春日里梦回五四，不期然碰上早年郭沫若先生的目光。那目光如火、如电，如激情汹涌的大海，激荡着我、澎湃着我。

在我看来，五四时期的郭沫若是一位真正的歌者。他以夜之精灵的歌唱，唱亮一个时代，点亮人们心中尘封已久的灯台。从某种意义上讲，郭沫若是一本教科书，他让我明白什么是真正的桀骜不驯，什么是彻底的反叛精神。

那原本是一个血雨腥风、灾难深重的黑暗时代，正是在这样的时代里孕育了一个有火山爆发精神的叛逆者。他就是早年的郭沫若。

相对于一般的中国人，郭沫若是一个天才，而且多才多艺。

他对中国文学史的发展做出的贡献是多方面的。但是，他最突出的贡献只有一个：那就是他第一个以反叛者的姿态站出来大胆言说。

几千年来近乎完备的封建统治，人们习惯了，麻木了。当然，郭沫若也生活在这种环境之中。他的难能可贵之处在于，他于人们的习惯和麻木之中义无反顾地站了出来，以他火山爆发般的诗句向世人宣布他看到、他深知的一切，就像那个大胆指出皇帝什么也没穿的小男孩。

他说："茫茫的宇宙，冷酷如铁！茫茫的宇宙，黑暗如漆！茫茫的宇宙，腥秽如血！"这是何等准确、何等深刻！他说："我是一条天狗呀！我把月来吞了，/ 我把日来吞了，/ 我把一切的星球来吞，/ 我把全宇宙来吞了，/ 我便是我了！"

这是何等的气概！这是何等的豪迈！站在时间坐标深处，我不能不从内心向郭沫若致敬。

说实话，人们是多么希望郭沫若的反叛精神得到继承和光大啊！然而，时事总是给人们留下无尽的遗憾。郭沫若在五四时期表现出来的时代精神不仅后人失传，而且郭沫若自身也于不知不觉中丢失了。

这是一个巨大的悲剧，也是一个重大的损失。试想一下，如果当年郭沫若手中的火炬不失传，今天将会怎样？

夕阳西下，看着郭沫若先生远去的身影，我的内心一阵阵无言的伤痛。

"穿过盈盈秋水，我看见他满脸忧伤。"那位与祖国命运同悲愤的五四先哲叫郁达夫。同鲁迅、郭沫若一样，郁达夫也是五四的产儿，五四的弄潮儿。但是，他们又有着巨大的差别。如果说鲁迅、郭沫若是积极的反叛者的话，郁达夫则是一位消极的反叛者。他以自己凄怨的创作为旧时代唱出一曲挽歌；他以另一种姿态展示了五四精神的另一种光芒。

1896 年 12 月 7 日夜半，在浙江富春江畔的富阳县城里，郁达夫来到世间。与鲁迅相比，他们有着几近相似的童年。三岁丧父，孤儿寡母，让他倍知世态凉炙。世人的欺凌和白眼赐予他过多的寂寞和孤独，造就了他易于反抗、比较孤僻的内向性格。只有富春江畔明媚秀丽的景色，给他孤独的童年些许幸福和快乐。

东渡扶桑求学，是郁达夫人生的大转折。在岛国日本，他真正体味到什么是他乡，什么是祖国。来自日本人的歧视几乎把郁达夫推向绝望的边缘。也正是在这个时候，一种叫作爱国的情感，一种希望祖国强大起来的希望日夜折磨着他，使他夜不成眠、寝食不安。然而，祖国并不因他的希望而日渐强大，日本帝国子民并不因他悲愤而放弃侵略，郁达夫在痛苦的折磨中更加痛苦，叫天天不应，呼地地不灵，一个文弱书生，无以报效祖国，在走投无路的情况下，他拿起了软弱的笔，排遣自己的郁闷和愤慨。

自然，郁达夫的《沉沦》描写的是一个沉沦者的形象，其中不乏作者个人的影子。但是，读这部小说却能读出"沉沦"背后的东西。他把那份哀怨、那份生之绝望展现得那样淋漓尽致。试想一下，当一个人无力回天，没有任何希望的时候，"沉沦"难道不是最好的反抗形式吗？缘于此，我断定，在五四的烛光里，郁达夫和鲁迅、郭沫若可以说是珠联璧合、遥相呼应。

世上曾有这样的女性

　　这世界上曾有两个女性，堪称最为独特的美丽风景。一个是萨乐美，一个是麦当娜。

　　在我看来，萨乐美其实是一个真正伟大的女性，是一个妇女解放的得道者。她的出现，她的到场，她谜一般的人生之路，从某些方面阐释和回答了当代妇女解放的方向、道路，以及一些令人困惑的问题。

　　有哲学家曾经说过，未经省察的人生没有意义。同理，未经深入思考的女性人生也没有意义。萨乐美有一颗智慧头脑，她虽然不是哲学家，在她的人生路上依然经常思考"女性究竟是谁？她从哪里来？又到哪里去"这类重要问题。她是幸运的，也是成功的。她找到了自己的答案。她的所指和能指都是女人真正的本质。在她很年轻"不负担思想，只负担爱"的时候，她就深深地明白了这一点。她的可贵之处在于她发现、发掘，并以自己的努力实践女人的真正本质。基于这种认识，萨乐美虽然沉默寡言，但始终以女性的本真实实在在地生活着。为了实现女性的真正本质，萨乐美不断学习，不断以各种知识和能力武装自己。十八九岁的年纪疯狂读书以致咳血。刻苦学习和修炼，铸就了她的"妖女"本色，也使她生活得更加从容、更加惬意。对女性本质的认识引领了她的生活；同样，这种生活也使她不断加深对女人本质的认识。

　　萨乐美在发掘女性本质的同时，始终保持自己作为女性独立的角色和人格。她说"女人首先是属于自己的","女人不是注脚","两性不论以什么样的结果走到一起,实际上就是两个独立的世界走到了一起,其中一个世界倾向于内缩,另一个世界倾向于外张……在各种形式的生活中互相补充,相得益彰,共同提高"。在此意义上,她认为,"女性回归女性的程度还远远不够","还没有变成真正的女人"。女人要真正成为女人,要实现自身的真正解放,必须保持自己"属于自我"的独立性。而且这种独立性和个性只能得到尊重,不容任何侵犯。

萨乐美是有思想的知识女性,但是她不是依靠思想,而是依靠爱来影响和改变世界。正是她对女性本质属性和独立角色的坚持,使她成为一个对男人具有强大杀伤力的女人。狂傲不可一世的尼采在认识她第二天就向她求婚;著名诗人里尔克对她一往情深,至死眷恋;弗洛伊德也对她称赞有加,并视为知己。她的一生与尼采、里尔克、弗洛伊德的命运交织在一起,并且十分牢固地交织在一起。她以自己丰富博大的爱,帮助他们获得新的思想和新的精神。里尔克把她敬为女神,写下了"我要通过你看世界,因为这样我看到的就不是世界,而只是你,你,你"的热烈句子,并在她的影响下走向艺术的成熟。1937 年,在为她写的悼词中,81 岁的弗洛伊德公开宣布:"女人,或者说人的所有的弱点要么在她身上根本就不存在,要么就已经在她人生的历程中被她全部克服。"她的爱的行为,实践了拿破仑时期一位叫勒伯汉的政治家的话:"女人的使命是激发他人的灵感,而不是自己写作。"我们完全有理由相信,她的理解力是一个奇迹,对爱的理解使她英勇顽强地穿透最热烈的奥秘,这些奥秘并未给她造成痛苦,而是以其清纯的光芒照耀着她。

萨乐美的人生价值何在?重要的一个方面在于对后人的启迪。妇女解放是一个长久困惑人们的话题。女权主义者曾做过多种探索和努力,麦当娜也做过积极探索,某些激进的妇女解放道路似乎没有真正解决实质问题，我们是否应该从萨乐美身上得到些启迪。当然，萨乐美是个案，要求人人都做萨乐美似乎是天方夜谭。但是，有一个灯塔矗立在那里，毕竟是夜航于海的人一个不可或缺的福祉。

麦当娜是与萨乐美有所不同的"超级妖精"，一个不可多得的尤物。很多人试图给她下个定义，但是，无论怎样定义都难得世人包括自己的满意。因为她是一个充满矛盾的个体，集叛逆、傲慢、任性、性感、无耻、高贵、庸俗于一体。她以特立独行的姿态成为一种文化的代表，一种跨越时代历久弥新的不老神化。事实上，知道麦当娜是什么这不困难。困难的是，如何研究透麦当娜何以成为麦当娜，也就是说，麦当娜这个"超级妖精"究竟是怎样炼成的。因为，在麦当娜身后实在有太多太多的故事。

麦当娜的人生多姿多彩，但其人生轨迹并不复杂，她走过的道路可以概括为：早期叛逆不羁的"物质女孩"；中期愤世嫉俗的女权主义者；今天满怀感恩之情的"精神女性"。这一轨迹说明了什么？麦当娜缘何会走过这条道路？仔细分析麦当娜的成长发展经历，将不难得出结论。叛逆不羁的"物质女孩"是麦当娜作为一个底层的小人物和生命个体，做出的大胆选择——她认为只有如此才能实现自己的人生梦想。愤世嫉俗的女权主义者是麦当娜作为一个成功女性和社会的人，做出的另一个选择——她认为自己必须站出来为女性说话。满怀感恩之情的"精神女性"是麦当娜作为一个成熟女人的必然选择——她认为女性的最终追求应该是母性的回归。沿着这一轨迹追寻，可以看出麦当娜走向成功的蛛丝马迹。

早年丧母是麦当娜心中永远抹不去的痛，也是麦当娜独立走向人生的起点。"我生命中经历的最伤心的一件事就是母亲的死。母亲的离开是我最大的痛。"当麦当娜说起她的母亲时始终不能掩饰悲伤。一直到她为人母，仍旧不能从那份丧母之痛中解脱出来。在母亲刚刚离开的那段时间，麦当娜明白了母亲不能继续和她在一起，并且意识到将要失去母亲的时候，她努力地寻找，寻找生活下去的动力。她自己说："我当时非常想填补那种无奈的空虚。"2004 年，这位美国流行乐坛大姐大麦当娜忽然宣布要改名叫艾斯特。当时，她在接受美国广播公司新闻杂志《20/20》专访时说，"麦当娜"这个名字是为纪念她的母亲而取的，但母亲的早逝让她许多年来一直备感空落，所以现在她决定改名叫"艾斯特"（Esther）。我们可以把目光投射到 1963 年的 12 月 1 日，那天是麦当娜童年的决定性时刻，是她依恋的母亲悲惨病逝的日子。对于今天的她来说，这个时刻可谓意义重大。毫无疑问，麦当娜叛逆性格的形成与她的母亲有很大关系。假如麦当娜不是早年丧母，也许不会有今天的麦当娜。成名后的麦当娜说了一段很有哲理而又极富感伤的话："母亲的亡故对我以后的人生影响很大——在我克服了心痛以后——我总说，如果没有母亲的话，我就必须非常强大。我已经找到了理由来自己照顾自己。"

强烈的反叛个性是麦当娜成功的不竭动力，也是麦当娜不同于他人的内在本质。如果让人评价早期的麦当娜，许多人都会是同一个感觉，同一句话：她是个叛逆的孩子。一个人叛逆并非仅仅是为了标新立异。就麦当娜而言，她很小的时候就已经有了"叛逆"这两个字的痕迹。她从小争强好胜，爱出风头。她所做的一切都是对一些现象和事物的叛逆。而所有这一切仅仅是为了和其他孩子区别开来。压抑的环境使麦当娜变得异常叛逆，使得她无论在家里还是在外面都学会了创新自己的衣服，从而来表现自己的个性。哪怕是不合常规的穿着她也在所不惜。她从一个默默无闻的普通人成为全球最著名的女歌手，这和她坚毅的个性不无关系。在还没有成名之前，她做过餐厅服务员、模特，在困难的时候她甚至食不果腹，朝不保夕。但无论多大的困难都没有使她放弃，她始终坚守着自己的信念，相信自己一定会成功。为了实现自己的理想，刚刚二十岁的她敢于放弃自己的大学学业，赤手空拳地到完全陌生的纽约去打拼；为了理想，在最穷困潦倒的时候她也不轻言放弃。二十多年来，她像一个铆足劲的发条，时刻在向巅峰时期进发。而年龄，在她的概念里从来都不是阻力。如果没有对演艺事业的热爱和执着追求，没有不走寻常路的反叛精神，麦当娜决然不会取得今天这样辉煌的成就。

常换常新的爱是麦当娜成功的加油站，也是麦当娜迈向辉煌的催化剂。麦当娜容貌性感，身材窈窕，个性外向，使她在和男性交往时颇具吸引力。她的美貌和性感以及特立独行的性格，令许多男人心甘情愿地帮助她。可以说，这是她走向成功的一个重要因素。麦当娜从十几岁开始就一直绯闻不断。她男友众多，他们中既有大众偶像，也有普通人，甚至还包括体育明星。她的两任丈夫都是电影界的风云人物。麦当娜是一个诚实而善良的人，她对待自己的男友非常友好，即使在分手以后她也同样把对方当成好朋友，因此她众多男友分开后都愿意继续帮助麦当娜。与此同时，麦当娜的成功，也得益于朋友的帮助。麦当娜为人随和，这使她身边有了许多朋友，而无论男女都不遗余力地帮助她，为她事业成功做出了巨大的贡献。

不断超越自我，是麦当娜成功的有力翅翼，也是麦当娜永葆青春的秘诀。麦当娜最难能可贵的地方就在于，无论她的年龄有多大，她都能比你更有冲劲与活力，她的欲望永远比你强，当然最关键的还是她满足欲望的手段永远比你多。麦当娜敢于超越自我，挑战现实。唱出自己的看法，这也是她的歌迷喜欢她的原因之一。麦当娜在流行音乐方面有着敏锐的洞察力，她非常善于把握时代节奏，总是可以把当前民众所关心的现象和话题融入歌词创作之中，无论是她早期创作的《爸爸别唠叨》，还是后期创作的《美式生活》，都很清楚地带有这种特点。麦当娜在电影事业上虽然没有取得流行音乐这样辉煌的成就，但她同样付出了很多。她在片场非常敬业，她总是非常投入地试图进入每一个角色之中。尽管她主演的电影大都反响平平，但她所主演的《绝望地寻找苏珊》和《贝隆夫人》还是受到了观众和评论家的好评，后者甚至使她获得了"金球奖"最佳女主角的荣誉。麦当娜所以成为麦当娜，还在于她永远不甘寂寞，她不仅在音乐、电影方面发展，在图书界也引起了不小的轰动。她的图书作品《英国玫瑰》系列童话都在图书发行市场畅销一时，都在《纽约时报》畅销书排行榜上名列榜首。做了母亲的麦当娜安静了许多，她身上母性的光辉被激发了出来，让我们看到了一个恬静、淡泊的她，这也才有了《英国玫瑰》系列童话的诞生。

有一种球星叫大师

真正开始关注他，始于 1998 年的那场世界杯盛会。那个夜晚，他的光芒照亮整个法兰西，照亮整个足球世界。当赛场被法兰西国歌激荡，他走来，一举一动尽显大师的风范。在他的面前，外星人罗纳尔多变得跌跌撞撞，失却了星光。那个时候，我就曾经自问：齐达内，你究竟是怎样一个尤物呢？

及至德国世界杯，及至法国总统面向全世界观众对他的赞美，及至他的光荣隐退，我再三思考：齐达内，足球之于人类，究竟意味着什么？

常常这样想，用天赋和身体踢球的属于强者，譬如"外星人"罗纳尔多；用大脑踢球的，属于智者，譬如"万人迷"贝克汉姆；用心灵踢球的，是诗人，譬如"忧郁王子"巴乔；用意志踢球的，属于圣徒，譬如"战神"巴蒂或者"钢铁战士"内德维德。倘若一个人同时用天赋、身体、大脑、心灵和意志踢球，他很可能是一位真正的大师。

在我看来，阿尔及利亚人的后代、法国人齐达内就是这样一位真正的足球大师。同时，也是精神的大师。

到目前为止，齐达内只做了两件事情：踢球和做人。踢球是他的天赋，是他的爱好，是他的职业，也是他的存在和生活的方式。自始至终，他把做人当作第一要义，并把做人有机地融会在踢球之中。

他似乎天生就是个少言寡语的人，但是他又是一个外冷内热的人。他那双深邃而又炯炯有神的眼睛，时刻在告诉我们：他对生活、对足球是那么热爱。他几乎从小就开始了足球之旅，长期浸泡在足球氛围里。他的生活呆板而机械，家、训练场、赛场，"三点成一线"，复杂而又简单。他又似乎长期乐此不疲，"两耳不闻窗外事，一心只恋绿荫场"。当生活清贫、寂寞无名的时候，他如此；当获得众多称号，赢得鲜花和掌声的时候，他如此；当"外面的世界很精彩"，传出诸多绯闻的时候，他依然如此。不为所动，不为所困，不为所忧。热闹与他无关，绯闻与他无关，时尚与他绝缘。他就是那样，默默无闻地学习着、进步着、成长着、奉献着。也许，有人说他脑子里缺点东西，也许有人说他有些高傲，也许有人说他是"土老冒"。然而，对此他只是微微一笑，就走开了。

"此地永在者，姓名水写成。"从这里，从齐达内的日常生活里，我明白，所谓"大师"就是怀揣一颗爱心，不去追逐时尚，也不与他人争一时之长短的人。

德国世界杯四分之一决赛，法国对巴西的比赛，最让我关注和动情的就是我们的"齐祖"。看到他在球场上奔跑的身影，耳边总是回荡着祖海演唱的那首深情歌曲——《为了谁》。

那场比赛，他的表现再次证明，法国队老队长仍是球队的中场发动机，是球队表现最稳定的球员，他不断利用自己出众的个人能力去给巴西队的后卫们制造麻烦，他的直塞球更是给队友亨利创造了不少机会。正是他左翼的一脚传中给了亨利破门得分的机会，也让法国队赢得了胜利。齐达内当时在球场上的对手是目前的世界足球先生小罗纳尔多，双方在各个方面都展开一场较量，结果齐达内取得了全方位的胜利，他在技术、传球和表现力上全面压倒了小罗。

不仅如此，齐达内还是那场比赛的"劳动模范"，一位干脏活累活最多的人。他早谢的光头像闪闪发光的太阳，照亮赛场。

在踢满全场的情况下，他除了一次助攻外还有一脚射门，九十分钟比赛，他短传 46 次，长传 14 次，传中球 6 次，有一次抢断，四次被对手侵犯。这是怎样一位难得的"世纪老人"？

"把石块砌在一起，创造的是静默。"从他的身上，我读出了大师的另一种光芒：所谓大师，其实是从点滴小事默默奉献的人。

德国世界杯决赛，齐达内似乎偏离了他作为足球大师和人类精神大师的轨道。赛场上，他愤怒了，朝着马特拉齐的胸膛狠狠地一头撞去。撞出了一张后果无比严重的红牌，也撞出了世人的不解和抱怨，更为自己的足球生涯画上了一个不太美满的句号。然而，在我看来，这一事件，并不能影响他作为大师的独特光辉。毕竟，齐达内也是人，是人就难免犯错误。况且，他的这个错误是为了捍卫自己的尊严而犯的错误。事发之后，齐达内首先想到的是自己的错误将会对下一代产生什么样的后果，并且诚挚地道歉。这越发显示了他的高大和伟岸。

从他的身上我明白，真正的大师并不是不犯错误的人，而是勇敢面对自己所犯错误的人。

在我的眼里，和大罗、小罗、小贝等人站在一起，齐达内是有所不同的一个。因为，他们是球星，而齐达内是大师。球星依靠的是轰动效应，而大师依靠的是人格魅力。

同样，和贝利、马拉多纳、贝肯鲍尔站在一起，齐达内也是有所不同的一个。因为，他们是球王，是皇帝，而齐达内只是大师。王者依靠权威和力量统治世界，而大师只依靠伟大的人格征服人心。

"精神的王者，只在一个祖国，那就是万物的意义和价值。"齐达内走了，离开了足坛。然而，他的精神和价值永远与所有球迷同在。

心中有这样一种城

天下有许多名城。有的因历史悠久而知名，有的因文化灿烂而著称，也有的因建筑独特而闻名。在个人心目中，最欣赏的还是那些有别一种气质和意义的城。

在泰山北部，济水之南，有一座别号叫"泉城"的城市。就是这样一个城，原本并不是天下名城，但明代建文年间却因一战而闻名天下。那是中国古代军事史上的一个奇迹，奇迹的创造者是一个叫铁铉的人。

战事发生在 1399 年，即明代建文元年，燕王朱棣看到侄子建文帝即位不久，羽翼未满，于是野心爆棚，起兵发动叛乱，试图夺取政权。建文帝朱允炆派大将军李景隆领兵讨伐。

经过几番激战，朱棣果然不是等闲之辈，李景隆带领的官方军队大败，河北及山东北部各城守军望风而逃，其逃跑速度不亚于河边听到"咕咚"的兔子。

开战第二年，即建文二年四月，朱棣在济南城外击败了李景隆，其情景犹如春秋时期在济南城北华山附近发生的齐晋鞍之战。随后，朱棣带领大军包围了济南，几十万军队将小小的济南城围了个水泄不通。

这时，济南城内只有盛庸所属部队，兵力单薄，城守危在旦夕。危急时刻，正在外地为部队运送粮草的铁铉主动请缨。他放下粮草，火速赶赴济南，与守城的盛庸歃血为盟，向天地、向百姓立下誓言：誓死保卫济南。

六月八日，燕王朱棣亲自来到济南城下，见城门紧闭，固若金汤，不易攻取，便使出了劝降的招数。朱棣令人用箭将一封劝降书射进城内，没想到他这一招等于一脚踢到了铁板上。因为铁铉根本不吃他那一套。

铁铉见信后，立即效仿此法回信一封。朱棣打开一看，见是《周公辅成王论》一文。原来，铁铉意欲借此奉劝朱棣效法辅佐侄子治理天下的周公，忠心辅佐侄子朱允炆，赶紧浪子回头，不要再闹事了。

劝降不成，自己反而被劝，朱棣非常气恼，遂下令攻城。他发誓，一定要将铁铉这个不识好歹的"混蛋"拿下！

朱棣不知道，他遇到的可不是一般的对手，而是一个既具有铁一般硬骨头精神，同时又具有非凡智慧的人。面对朱棣的进攻，铁铉督众，众志成城，矢志固守。朱棣久攻不下，急得像热锅上的蚂蚁，进也不是退也不是，只好继续围困。

朱棣围攻济南长达三个月之久。面对难以取胜的困局，朱棣脑筋急转弯，眼珠一转计上心来，他想掘开大河的大坝，引大河之水猛灌济南城。

这的确是一个坏招、毒招和狠招，面对这一诡计，为了济南百姓的安危，铁铉决定将计就计，以诈降之计诱杀叛贼朱棣。经过精心设计，铁铉率众诈降。此时的铁铉展现了比诸葛亮还精明的才智。他先是派手下壮士偷偷在城门上安置大闸，重达千斤，又让守城士兵放声大哭，如丧考妣，声音凄惨，惊天动地。

铁铉唯恐演得不像，又下令全部撤掉城上的橹防用具，派城中百姓长者代替守城军做使者，到燕王大营跪地请求，极尽吹捧朱棣之能事："朝中有奸臣进谗，才使得大王您冒危险出生入死奋战。您是高皇帝亲儿子，我辈都是高皇帝臣民，一直想向大王您投降。但我们济南人不习兵革，见大军压境，生怕被军士杀害。敬请大王退师十里，单骑入城，我们恭迎大驾！"

燕王朱棣不知是计，听后大喜过望。自叛乱以来，连日征战，早已疲惫不堪，如果济南城能够投降，即可割断南北，占有整个中原地区。这是何等美妙的事情。因此，朱棣急忙命令军士移营后退，自己高骑骏马，大张黄罗伞盖，只带几个骑兵护卫神气活现地过了护城河桥，径直从西门入城受降。当时城门大开，守城士兵都齐聚在城墙上往下观望。

燕王朱棣刚进城门，众士兵齐声高呼"千岁到"，这是一个信号，也是一个命令，只见预先放在门拱上的铁闸轰然下落，直奔朱棣而来，但只是砸烂了朱棣的马头。朱棣大叫一声，换马驳回，幸免于死。

被铁铉一番戏耍，差一点命丧闸门之后，朱棣勃然大怒，继续以重兵围城。铁铉依然坚守，他站在城头，昂然天地，大骂朱棣反贼大逆不道，天理可诛。

朱棣听后，气得吐血。他大手一挥，令数门大炮一起轰城。一时火光四射，炮声隆隆，眼看城被攻破。铁铉急中生智，他急忙令人将朱元璋的画像悬挂上城头，又亲自书写了一大批朱元璋神主灵牌，分置垛口。皇帝在此，神灵在此，燕军不便开炮，担心必遭天谴，济南城得以保全。

相持之间，铁铉又招募敢死队，多次出城搞突然袭击，时有斩获。朱棣虽然气愤，但面对铁铉这只"老狐狸"，脑液烧尽也无计可施。长期被小城济南牵住总不是办法，此时姚广孝向朱棣提了一个"合理化建议"，先回北平，以后再来。朱棣采纳了他的建议，燕军随后撤离济南。

铁铉见朱棣撤军，认为是一个绝佳机会，赶忙和大将军盛庸合兵一起，乘胜追击，一直追到河北地区，乘势收复了德州等地，从此兵威大振，济南城扬名立万。

可以看出，铁铉是一个有骨气有智谋的人，济南城也是一座坚固无比的城。按照现代奖项，应该授予铁铉最佳导演奖和最佳表演奖，更应该授予其突出贡献奖，而济南也应该被授予最坚固无比的"鲁班工程"奖。因为，铁铉守城的胜利靠的是铁骨铮铮的骨气，靠的是非一般的智谋，靠的是天地之间的浩然正气。

令我敬佩的另一个城市叫扬州。与济南有所不同，扬州本来就是天下名城。最初是一个地名，一个比较广泛的地理概念。公元前319年楚国筑广陵城，便是今日扬州的发祥地。公元589年隋统一中国，隋文帝改其为扬州。

扬州曾发生"扬州十日"的巨大历史悲剧。

顺治二年，亦即1645年，清军多铎带兵大举围攻扬州。城中士民砸坏城门外出逃命，大小船只为之一空。守城将领史可法传檄各镇发兵前来援救，然而刘泽清一路北逃，在淮安向清兵投降，仅刘肇基等少数援兵赶来，防守捉襟见肘。但史可法决心早已下定，一定要守住扬州。

清军首领多尔衮劝史可法劝降，史可法以《复多尔衮书》公开宣布拒绝投降，展现了血战到底的决心。同时，也下定了必死的信念。战争间隙，他在西门楼写下四道遗书给自己的家人，希望他和夫人一起以身殉国，愿归葬钟山明太祖孝陵一旁。

谁也不曾想到，在此期间，甘肃镇总兵李栖凤和监军道高歧凤带领部下兵马四千进入城内，试图劫持史可法，以扬州城为献礼投降清军，同样被史可法断然拒绝。

随后，清军以红衣大炮攻城。夜晚时分扬州城被破，史可法拔剑自刎，被手下众将拦住。被俘后，史可法依然拒绝投降，最终壮烈牺牲。

清军占领扬州以后，心狠手辣的多铎以不听招降为由，下令屠杀扬州老百姓。屠杀暴行一直延续了十天，死亡超过八十万人，这便是历史上有名的"扬州十日"。

虽然扬州城被攻破了，史可法被杀了，一同被杀的还有近百万百姓，但是，清军并没有真正征服扬州城，更没有征服扬州人。因为，史可法身上所体现的战斗精神、扬州城的威名，从此像一面猎猎飘扬的大旗，高高地矗立在无数扬州人的心海。

在山东济南章丘龙山镇有一个旧军村，也是一个有传奇故事的地方。这虽然是一个村，但也有自己的"城"。早在唐宋时期，旧军的经济就比较发达，赵家运粮河贯穿村中，水陆交通便利。清朝晚期，旧军的繁荣达到顶峰。村中有很多大户人家，资产丰厚，家业巨大。直到现今，村子里依然保留着清朝末年的城墙遗址。当时，他们的自卫方式不仅得到朝廷的认可，还多次打退不法之徒的入侵，实力非同一般。

后来，旧军村的财富被当地土匪头子张九鸣所惦记，多次带领土匪前来围攻，试图攻入"城内"，将其据为己有。旧军人通过坚固的城防体系数次打退了土匪的进攻。后来，由于担心最终不能抵挡土匪的连番冲击，便请住在附近的国民党军队进城，帮助他们一起消灭土匪。结果，国民党军人来了，土匪是被消灭了，可是"城中"财富却被国民党军人洗劫一空，自此旧军一蹶不振。

旧军村的故事告诉我们，加强城防必须依靠自己的力量，单纯依靠外来力量，虽然有可能击退敌人的进攻，最终可能会陷入"引狼入室"的悲剧。

在中原大地上，有一个叫"鹿邑"的小城，也是我所敬佩和仰慕的地方。鹿邑古称"鸣鹿""苦""真源""谷阳""仙源"，元朝至元二年改为鹿邑，沿用至今。它是春秋时期伟大的哲学家、思想家、道家学派创始人老子的故里。

据家住鹿邑的同事讲，抗日战争时期，日本人来到这里将鹿邑城围了起来，然后朝着城内开炮。令人惊奇的是，日本人连开数炮，结果都是哑炮，一炮也没有炸响，甚至还有一枚炮弹被夹在了城墙缝里。日本人见状，以为是千年老子在显示神威，因此放弃了攻城的想法。同事告诉我说，这只是一个传说，没人考证，不知是真是假。我愿意相信这个传说是真的。

有一种特别的称号

在黄海之滨的日照市奎山街道牟家小庄村，曾有一个远近闻名的"范大娘"。范大娘本姓李，因为长大后嫁给姓范的人家，所以大家都喊她"范大娘"。与"范大娘"相比，她还有一个更响亮的名号——"人民母亲"。这个称号，并不是人们私下里的一种说法和称呼，而是当年沂蒙革命根据地滨海支前司令部、政治部和日照县评功委员会，经过慎重研究，并履行严格的组织程序，郑重其事地授予她的一大光荣称号。

获得不凡的名号，必定有不凡的业绩；赢得非凡的爱戴，必定建立了不朽的功勋。范大娘就是这样一个人，一个既普通又不凡的人，一个为革命事业建立了不朽功勋的人。

我是在虎年阳春三月的一个晚上随手翻看《日照市志·人物篇》时，无意中发现"范大娘"名字的。看到"人民母亲"称号和她的事迹介绍，顿时感到似有一道光芒从眼前闪过，精神也为之一震。

我的心怦然一动
不知道这个人
究竟是怎样一颗星星

直觉告诉我，这个被称为"人民母亲"的人，一定是一个非常值得深度挖掘和大力书写的人，于是产生了要写写她的想法。

紧接着，我上网通过百度和搜狗对"范大娘"进行了搜索，结果发现网上有关资料寥寥无几，仅有的资料也与《日照市志》上的相差无几。我便决定等休假时亲自去一趟。我知道，只有"深扎"，才能挖到"真金"。

我决定到那里去
到日出初光先照的地方去
我知道，在那里
有一位饱经沧桑的老母亲
在地下大声说着光芒

清明时节，天降相思满人间。利用休假时间，我踏上了开往日照大地的高铁。火车很快，但我的心却慢慢向范大娘靠近。我要一步一个脚印走向日照，走向奎山，走向牟家小庄，去了解她的历史，她的事迹；去感知她的初心，她的灵魂；去体味战争年代的历史风云和人间沧桑。

田间地头是一个黄土堆。有人告诉我，那应该就是范大娘的坟。

一堆黄土，一块石碑，一段碑文。里面掩埋着"人民母亲"的躯体和她那颗伟大而卑微、艰辛而不屈的心脏。

望着这个小小的坟茔，突然想起了著名诗人桑恒昌"亲情诗"里写母亲坟墓的诗句：

母亲的坟墓
像太阳
一半在地下
一半在地上

　　大地平旷，麦苗青青，大雁在天空高翔，有人在远方耕种，一种如怨如痴的歌声从远方传来。穿过现实的街道和历史的深巷，听着人们的追忆和叙述，我一步一步向"人民母亲"范大娘靠近。

　　范大娘出生于1895年，翻开历史就会发现，那一年有很多大事发生。那一年，中日签订《马关条约》，清政府割让台湾。那一年，中俄订立《四厘借款合同》，俄法集团通过这笔借款得以插手中国的海关管理。那一年，康有为先后四次上书光绪帝，请求变法。

　　这些大事，看起来似乎与范大娘无关，但茫茫大地黑云压城城欲摧的严酷形势，又怎能不影响和决定着她的生存状况和人生走向？

　　范大娘是十九岁那年嫁到范家的，和当时的绝大多数农村妇女一样，她的所谓"人生大事"不过是从一个贫困人家换到了另一个贫困人家。

　　那时，范家的生活状况可以用"家徒四壁""一贫如洗"来形容。她和丈夫只能依靠给地主打短工维持生计，过着"半夜鸡叫"的生活。长夜漫漫，长吁短叹，范大娘不知道这样的日子什么时候能熬到头。因为，从小心性要强的她，丝毫看不到生活有任何盼头。在她眼里，那时的日子根本就不叫日子，而是一种煎熬。

　　向前看，高高的大山阻挡
　　向后看，一片荒野茫茫
　　双脚被缠紧的人
　　何处才是你的希望

　　风一起，天气就凉了，范大娘更不愿看到的事情发生了。那年秋天，日本鬼子开进了日照，烧杀抢掠，无恶不作。就在这年冬天，范大娘遇到了最揪心的事情——她的大儿子范崇仕突然失踪了。

儿子究竟去了哪里？问谁，谁也不知道。左等，不见踪影；右等，总也不见人毛。这让范大娘不知有多么心焦。她担心，她害怕，担心害怕儿子被日本人害了，或者被抓去当了伪军！这可是她绝对不允许的事情。

范大娘躺在床上翻来覆去，怎么也睡不着。她干脆翻身起床，推开大门，一双小脚走向漆黑的远方。她发誓一定要将儿子找回来。无论他到了哪里，也无论发生了什么。活要见人，死要见尸。

可以想见她只身一人寻找儿子的辛苦。饿了，她沿路乞讨；渴了，掬一捧河沟里的水喝；困了，在柴火堆里睡觉。风雨无阻，风餐露宿，怎一个"辛苦"来形容。这是怎样一个执着的母亲、坚毅的母亲，充满爱心的母亲？有这种精神、这种信念，这种挚爱，什么事情能干不成？

功夫不负有心人。经过多年寻找，范大娘终于得到了儿子的消息。却原来，他的儿子瞒着家人，瞒着她，偷偷参加革命打日本鬼子去了！

得知这一消息后，范大娘面临两种选择。一个是继续寻找，直到找到儿子，劝其回家。干革命会掉脑袋，如此冒险的事情不能干。另一个是默认和支持儿子的行为，让他继续干，赶快把可恶的日本鬼子都赶回老家去。

毫无疑问，范大娘选择的是后者。这看起来是一个很平常的举动，实际上并不平常。换作其他人，换作其他母亲却未必这样做。因为，那时的她们作为旧社会"头发长见识短"的"小脚"妇女，并不一定懂得更多的道理，也未必有什么见识。但是，范大娘知道，日本鬼子占我家乡，杀我百姓，是坏人。打鬼子是应该，也是本分。儿子参加革命打鬼子，是好事儿，就应该支持。

> 那一刻，一块石头
> 怦然落地
> 好像听到了
> 久违的春天消息

范大娘听到儿子参加了革命的消息后，一方面为儿子的选择感到欣喜，没想到自己的孩子居然有这种出息；另一方面，内心对儿子也有些嗔怪，参加革命这么好的事情怎么不告诉老娘呢，难道怕老娘不支持你不成？

往回走的路上范大娘脚下生风。她要赶紧赶回家去，将这一消息告诉自己的老伴和家人，让他们赶快放下心来。

儿子参加革命了，自己也不能闲着，也不能落后。"千里寻儿"归来的范大娘像换了一个人。她悄悄找到组织，向组织请求，自己也要为党、为革命、为抗日做些事情。她说："请组织一定相信俺，千万不要嫌弃俺！"组织上见她如此诚恳，便答应了她的请求。但是，在让她干些什么事情上却一时没有主张。范大娘说："在大家的印象里，俺就是一个四里八乡要饭的老婆子。不如让俺以要饭打掩护，悄悄搜集敌人的情况，帮你们送信儿吧？"

就这样，范大娘重新打扮成要饭者的形象，拿起讨饭的碗，来往于敌占区和游击区之间，专门给党组织和八路军传送情报。

> 大哥大嫂行行好
> 俺老婆子饿坏了
> 给俺一口就很好
> 苍天在上有眼睛

好人一定有好报

谁也记不清了，范大娘唱着自编的"乞讨歌"走了多少街巷，传递了多少情报。她只知道，那些日子虽然异常艰辛，有人冷眼，有狗追赶，有敌人盘查，有刺骨的寒风，但却是她一生中最美好的时光。想到自己是在为革命做事情，她的内心像不远处的傅疃河里的水一样波光荡漾。

到了1939年，范大娘的二儿子范崇相长大成人了，范大娘又做出一个新的决定——送二儿子参加八路军。有人劝她，你大儿子已经参军闹革命了，没必要把老二也送上战场。可是，她不听，而是拍了拍儿子的肩膀，亲自给他穿上军装。这是一个异乎寻常的决定，也是在很多人看来无法理解的决定，也是一般人做不到的事情。在范大娘那里自有她自己的价值砝码。

儿啊，你是娘的心头肉
为娘的，也不想让你走
你不去打鬼子
都不去打鬼子
大家怎么才会有活路

1941年冬天，寒风凛冽。在料峭的寒风中，坏消息传来了。范大娘的二儿子范崇相在小羊圈战斗中壮烈牺牲了。听了这个消息，范大娘如五雷轰顶，差一点跌倒。想到是自己亲自将二儿子送上战场的，她感到特别对不起儿子。但是，她并没有被这巨大的悲剧和伤痛打倒。她从心里说："儿啊，这不能怪娘，要怪只能敌人太可恶了。你要相信，当娘的一定要给你报仇。"

二儿子牺牲后，范大娘强忍悲痛，继续投入了更大的战斗之中。人们发现，她比以前更积极了，更自觉了，更忙活了，工作也更有效了。由于她的忠诚、她的勤奋、她的努力，多次得到组织的表扬。对此，她像什么也没发生一样，并不放在心上。

没想到的是，五年之后，悲剧再次降临到范大娘身上。那是1946年7月，大儿子范崇仕担任滨海区渔盐工会会长，领导广大渔盐民工开展增资减租和反霸斗争。在去山字河开会途中，被埋伏的国民党反动派的特务暗杀了。这无疑对范大娘是更大的打击。然而，如此残酷的打击依然没有将她放倒。

这天，滨海区专门为范大娘的大儿子范崇仕举行追悼大会。这对范大娘来说是一个考验。因为，很多人担心她会悲痛欲绝，身体受不了，不可能参加。但是，她整理好衣服，擦干泪水，准时来到了会场。

只见范大娘像一棵昂然而立的青松站在了主席台上。她知道，作为一名共产党员，一位八路军烈士的母亲，究竟应该怎么做才对得起自己的称号。当她义正词严地谴责敌人的暴行之后，把自己的第三个儿子范崇仁叫到台上，并且当众宣布送范崇仁参加解放军。

"你要为两个哥哥报仇，不打垮反动派不要回家！"这是范大娘对儿子的唯一嘱托。

解放后，范大娘作为军烈属，作为"人民母亲"，论说该享清福了。然而，她没有，她依然在日照这片火热的土地上为了革命而奔走、而忙碌。"一双小脚，走在前头"，带头搞合作化、带头参加劳动，多次被评为劳动模范。年高体弱时，她主动辞去领导和社会职务。直到1961年9月因病去世。临终前，她嘱咐四儿子范崇运："要教育下一代听党的话，永远跟党走。"

离开范大娘坟墓时，我们向她深深地鞠了三个躬，算是表达对这位"人民母亲"的一番敬意。

采访归来的路上，我问陪同前来的朋友，这么好的典型，为何不好好宣传一下。对方说，听说已经有了考虑和安排，应该很快就会见到成果。

透过车窗，我看到远方的落日，硕大、赤红、圆润，慢慢落下。

多像揣了一颗温暖的心
去慰问生活在黑暗中的人
也去慰藉长眠地下的人民母亲